W0370858

Angela Sommer-Bodenburg

Der kleine Vampir und die große Liebe

Bilder von Amelie Glienke

Wunderlich

Einbandgestaltung von Amelie Glienke
Lektorat Renate Boldt

1. Auflage dieser Ausgabe November 1986
Copyright © 1985 by Rowohlt Taschenbuch Verlag GmbH,
Reinbek bei Hamburg
Alle Rechte vorbehalten
Gesetzt aus der Garamond auf Linotron 202
Gesamtherstellung Clausen & Bosse, Leck
Printed in Germany
ISBN 3 8052 0439 6

Dieses Buch ist für Burghardt Bodenburg,
der jetzt endlich Vampirzähne hat
(vom Zahnarzt), für Katja
und für alle, die noch
an die große Liebe
glauben –
so wie ich.

Angela Sommer-Bodenburg

Die Personen dieses Buches

Anton liest gern aufregende, schaurige Geschichten. Besonders liebt er Geschichten über Vampire, mit deren Lebensgewohnheiten er sich genau auskennt.

Antons Eltern glauben nicht an Vampire.

Antons Vater arbeitet im Büro, seine Mutter ist Lehrerin.

Rüdiger, der kleine Vampir, ist seit mindestens 150 Jahren Vampir. Daß er so klein ist, hat einen einfachen Grund: er ist bereits als Kind Vampir geworden. Seine Freundschaft mit Anton begann, als Anton wieder einmal allein zu Hause war. Da saß der kleine Vampir plötzlich auf der Fensterbank. Anton zitterte vor Angst, aber der kleine Vampir versicherte ihm, er habe schon «gegessen». Eigentlich hatte sich Anton Vampire viel schrecklicher vorgestellt, und nachdem ihm Rüdiger seine Vorliebe für Vampirgeschichten und seine Furcht vor der Dunkelheit gestanden hatte, fand er ihn richtig sympathisch. Von nun an wurde Antons ziemlich eintöniges Leben sehr aufregend: der kleine Vampir brachte auch für ihn einen Umhang mit, und gemeinsam flogen sie zum Friedhof und zur Gruft Schlotterstein. Bald lernte Anton weitere Mitglieder der Vampirfamilie kennen:

Anna ist Rüdigers Schwester – seine «kleine» Schwester, wie er gern betont. Dabei ist Anna fast so stark wie Rüdiger, nur mutiger und unerschrockener als er. Auch Anna liest gern Gruselgeschichten.

Tante Dorothee ist der blutrünstigste Vampir von allen. Ihr nach Sonnenuntergang zu begegnen, kann lebensgefährlich werden.

Friedhofswärter Geiermeier macht Jagd auf Vampire. Deshalb haben die Vampire ihre Särge in eine unterirdische Gruft verlegt. Bis heute ist es Geiermeier nicht gelungen, das Einstiegsloch zur Gruft zu finden.

Die übrigen Verwandten des kleinen Vampirs lernt Anton nicht persönlich kennen. Er hat aber einmal ihre Särge in der Gruft Schlotterstein gesehen.

«Sie»

Müde und hungrig kam Anton vom Töpferkurs nach Hause. Er schloß die Wohnungstür auf und stellte erfreut fest, daß es nach frisch gebratenen Kartoffeln roch.

Schnell hängte er seine Jacke an die Garderobe und ging in die Küche.

Sein Vater saß am Tisch und schnitt Gurken in kleine Scheiben.

«Hallo, Anton», sagt er, und mit einem geheimnisvollen Lächeln fügte er hinzu: «Du hast Besuch bekommen.»

«Ich? Besuch?»

«Ja. Sie wartet in deinem Zimmer.»

«Sie?» wiederholte Anton verwirrt. «In meinem Zimmer?»

Sein Vater grinste. «Du wirst ja ganz rot.»

«Überhaupt nicht!» widersprach Anton. Bestimmt konnte «sie» alles mit anhören!

Flüsternd fragte er: «Und wer ist es?»

Sein Vater lachte – und schwieg.

Wütend verließ Anton die Küche.

Ein Mädchen – bei ihm zu Hause – abends um halb acht ... Er wußte nicht, ob er sich freuen oder är-

gern sollte! Vorsichtig öffnete er seine Zimmertür – und sah Anna auf seinem Bett sitzen.
Sie hatte die Lampe eingeschaltet und las, den Kopf vornübergebeugt.
Ihr braunes Haar war sorgfältig gebürstet, und man hätte sie für ein ganz normales Mädchen halten können – wären da nicht der leichte Modergeruch und ihr schwarzer, zerschlissener Vampirumhang gewesen!
Anton machte einen Schritt ins Zimmer, holte tief Luft und sagte: «Guten Abend, Anna!»
Sie blickte von ihrem Buch auf. Als sie Anton erkannte, verfärbten sich ihre bleichen Wangen rosig.
«Anton! Endlich sehen wir uns wieder!»
Sie legte ihr Buch beiseite und kam mit einem Lächeln auf ihn zu, Wie gebannt starrte Anton auf ihren Mund: ihre Eckzähne waren lang und spitz geworden!
Sie bemerkte seinen Blick und errötete.
«Du brauchst keine Angst zu haben», sagte sie. «Dir würde ich nie etwas tun.»
Anton schwirrte der Kopf, und er wußte nicht, was er sagen sollte.
«Freust du dich nicht?» rief sie.
«Freuen? Worüber?»
«Daß ich jetzt ein richtiger Vampir bin! Nun kann Rüdiger nicht mehr ‹Anna die Zahnlose› zu mir sagen, ‹die einzige in der Familie, die sich von Milch ernährt›. Ich heiße jetzt: Anna die Mutige!»

Sie reckte sich und lachte.
«Aber du machst ja ein Gesicht wie drei Nächte Regenwetter!» rief sie dann verwundert.
«Ich ...» murmelte Anton, der zur Tür zurückgewichen war, «ich muß mich erst an deine – – ähem – – Vampirzähne gewöhnen.»
«Ja, ich auch», stimmte sie zu. «Alles ist plötzlich so anders geworden. Nur dich – dich mag ich noch genauso gern wie früher!»
Anton merkte, wie sein Gesicht rot anlief. Schnell wandte er den Kopf ab und blickte zum Fenster. Es war geschlossen.
«Wie bist du eigentlich hereingekommen?» fragte er – froh, über ein weniger verfängliches Thema zu sprechen.
«Durch die Tür! Ich bin mit dem Fahrstuhl nach oben gefahren und habe bei euch geklingelt.»
«Hattest du keine Angst vor meinen Eltern?»
«Doch. Aber ich habe mir gesagt: Menschenmädchen können zu ihrem Freund gehen und klingeln. Also muß ich das auch schaffen, wenn ich Anna die Mutige sein will.»
«Und? Was haben meine Eltern gesagt?»
«Deine Mutter habe ich nicht gesehen. Aber dein Vater hat gegrinst und gefragt, ob ich mal wieder auf dem Weg zu einer Faschingsparty bin. Ja, habe ich gesagt, wir feiern heute Fasching im Turnverein.»
Sie rieb sich die Hände und kicherte.

In diesem Augenblick klopfte es an die Tür, und Antons Vater trat ins Zimmer.
«Na, ihr beiden?» sagte er und zwinkerte Anton zu. «Habt ihr euch gut unterhalten?»
«Ja», knurrte Anton, der sich über den vertraulichen Ton seines Vaters ärgerte, «bis eben – bis du kamst.»
«Ich muß jetzt gehen», sagte Anna und zupfte an ihrem Umhang.
«Gehen?» rief Antons Vater. «Aber es gibt gleich Abendbrot. Und ich habe extra Käsewürfel und ein großes Glas Milch für dich hingestellt. – Das ist doch dein Lieblingsessen?»
Anton lief es heiß und kalt den Rücken hinunter. Doch Anna blieb ganz ruhig.
«Vielen Dank», sagte sie. «Das ist sehr nett von Ihnen. Aber ich kann leider nicht mitessen. Bei uns im Turnverein gibt es nämlich noch Würstchen mit Kartoffelsalat.»
Damit reichte sie Antons Vater die Hand, sagte «Auf Wiedersehen, bis zum nächstenmal» und ging.
Anton begleitete sie bis zum Fahrstuhl.
«Sehen wir uns morgen wieder?» fragte sie mit einem innigen Lächeln.
«Ich w-weiß nicht», stotterte er.
«Morgen ist Samstag!» sagte sie. «Gehen deine Eltern nicht immer samstags aus?»
Er nickte zögernd. «Ja.»

«Also können wir beide doch auch etwas unternehmen», meinte sie. «Schließlich haben wir Grund zum Feiern.»
Der Fahrstuhl kam, und sie stieg ein.
«Feiern? Was denn?» fragte Anton.
«Daß ich nicht mehr Anna die Zahnlose bin», antwortete sie strahlend, und bevor Anton etwas erwidern konnte, schloß sich die Fahrstuhltür.

Tonfiguren, selbstgemacht

Als Anton in die Küche kam, saßen seine Eltern schon am Tisch und aßen.
«Helga, du hast wirklich etwas verpaßt!» sagte Antons Vater.
Die Mutter sah von ihrem Teller auf. «So? Was denn?»
«Anton hatte Besuch!»
«Besuch?»
«Ja. Wärst du nicht in deinem Zimmer so vertieft in die Aufsätze gewesen, hättest du Antons kleine Freundin sehen können.»
«Antons kleine Freundin?» wiederholte sie überrascht. «Ich wußte gar nicht, daß er eine Freundin hat.»

«Habe ich auch nicht!» sagte Anton wütend.
Der Vater genoß Antons Empörung sichtlich.
«Du hättest die beiden hören müssen! Sie haben gegurrt wie die Turteltauben.»
«Hahaha!» machte Anton nur. Er fand die Bemerkungen seines Vaters überhaupt nicht witzig.
«Und wer ist das Mädchen?» fragte die Mutter.
«Anna», antwortete der Vater. «Die mit dem Vampirumhang.»
Er lachte, wie über einen gelungenen Scherz. Doch Antons Mutter blieb ernst.
«Anna – – dieses geisterhaft blasse Mädchen, das einmal mit seinem Bruder hier war? Die mit den dürren Fingern und den dunklen Augenrändern?»
«Das gehört doch alles zu ihrem Vampirkostüm!» meinte der Vater unbekümmert.
«Genau!» sagte Anton hastig. «Und außerdem – ich kann es nicht leiden, wenn ihr eure Nasen in meine Angelegenheiten steckt.»
«In *deine* Angelegenheiten?» erwiderte seine Mutter kühl. «Wir haben wohl ein Wörtchen mitzureden bei den Freundschaften unseres Sohnes. Vor allem, wenn es um diese Geschwister mit ihren scheußlichen Umhängen geht. Gerade für dich sind sie nicht der richtige Umgang!»
«Und warum nicht?»
«Weil sie deinen Vampirtick nur noch schlimmer machen.»
«Vampirtick?» sagte Anton entrüstet.

«Jawohl! Vampire, wohin man guckt in deinem Zimmer: Vampirbilder an der Wand, Vampirbücher im Regal, und wenn du könntest, würdest du von morgens bis abends Vampirfilme sehen!»
Jetzt mußte Anton gegen seinen Willen grinsen.
«Ja und?» sagte er.
«Können wir nicht von etwas anderem sprechen?» meinte der Vater. «Erzähl doch mal, wie es beim Töpfern war, Anton.»
«Beim Töpfern? Wie soll es schon gewesen sein ...»
«Hast du keine Tonarbeiten mitgebracht?»
«Doch –»
«Und? Willst du sie uns nicht zeigen?»
«Ich weiß nicht –»
«Wieso?»
«Ich glaube nicht, daß sie Mutti gefallen würden», sagte Anton und verkniff sich ein Lachen.
«Warum sollten sie mir nicht gefallen?» antwortete seine Mutter. «Ich finde alles gut, was du selbst gemacht hast.»
«Meinst du?» sagte Anton.
Er holte die Tonfiguren aus seiner Jacke und stellte sie auf den Tisch, genau vor die Schüssel mit den Gurken.
Seine Mutter schrie auf. «Vampire?»

«Vampire!» bestätigte Anton und betrachtete voller Stolz die beiden Tonfiguren. Sie trugen schwarze Umhänge und hatten kalkweiße Gesich-

ter. Zwischen ihren Lippen, die Anton leuchtend rot bemalt hatte, guckten spitze Vampirzähne hervor.

Seine Mutter stöhnte leise.

«Und ich dachte, du würdest etwas Vernünftiges töpfern.»

«Wieso? Die sind doch toll geworden. Unser Kunstleherer würde mir dafür eine Eins geben!»

«Und ich hatte mich schon so auf eine Vase gefreut ...»

«Tja –» meinte Anton. Er warf einen Blick auf seinen Vater, und mit einem hinterhältigen Grinsen fügte er hinzu: «Wozu brauchst du überhaupt eine Vase? Dir schenkt ja doch keiner Blumen ...!» Fröhlich pfeifend ging er in sein Zimmer.

Romeo und Julia

Am nächsten Abend brachen Antons Eltern schon kurz nach sechs auf. Sie wollten «Romeo und Julia» sehen und hatten noch keine Theaterkarten. Anton stand im Flur, während sie ihre Mäntel anzogen.
«Seid ihr nicht ein bißchen zu alt dafür?» fragt er.
«Zu alt? Wofür?» antwortete sein Vater.
«Na ja ... Romeo und Julia sind doch ein ganz junges Liebespaar –»
Sein Vater lachte. «Du denkst wohl, Liebe sei nur etwas für junge Leute.»
«Außerdem wollen wir zugucken und nicht auftreten», ergänzte Antons Mutter und ging zur Tür. «Gute Nacht!»
Der Vater folgte ihr.
«Schlaf gut – – Romeo!» sagte er und schloß die Tür.
Anton hätte sich fast verschluckt. Nur gut, daß

sein Vater nicht wußte, wie recht er hatte: seit Annas Besuch fühlte er sich tatsächlich wie Romeo.
Er ging in sein Zimmer und schaltete den Fernseher ein.
Ein Pärchen, rosarot gekleidet, sang: «Nur du, du, du und ich ...»
Ziemlich blödsinnig! fand Anton. Aber beim Zuschauen verging die Zeit wenigstens etwas rascher.
Als es an sein Fenster pochte, sprang er so hastig auf, daß er fast gestürzt wäre.
Draußen saß Anna.
«Hallo», sagte sie. «Bist du allein?»
«Ja.» Anton räusperte sich. «Komm doch herein.»
«Danke.» Sie lächelte und hüpfte vom Fensterbrett herunter.
«Wo ist der Mann, der Mann für mich ...» kam eine Frauenstimme aus dem Fernseher.
«Musik ...» sagte Anna verzückt.
Sie ging ganz nah an den Apparat heran.
«Kennst du sie?»
«Wen?»
«Die Sängerin.»
«Nein.»
«Sieh nur, was für ein schönes Kleid sie trägt! So weiß – wie frisch gefallener Schnee.»
«Ich finde sie aufgedonnert.»
«Aufgedonnert? Aber das Kleid hat bestimmt viel Geld gekostet.»
«Eben.»

«Und ich dachte, du findest sie toll!»
«Dich finde ich viel, viel toller», erwiderte Anton – und wurde bis über beide Ohren rot.
«Wirklich?» fragte Anna mit leuchtenden Augen.
«Ja», sagte er verlegen und schaltete den Fernseher aus.
«Gehen wir?»
«Fliegen wir!» verbesserte Anna und holte unter ihrem Vampirumhang einen zweiten hervor.
«Hier – für dich!» sagte sie. «Aus Onkel Theodors Sarg!»
Schaudernd erkannte Anton den alten, muffig riechenden Vampirumhang wieder, den er schon öfter getragen hatte. Früher hatte dieser Umhang Onkel Theodor gehört – – bevor ihm der Friedhofswärter Geiermeier einen Holzpfahl durchs Herz gebohrt hatte.
Beklommen streifte Anton ihn über.
Dann breitete er die Arme aus, bewegte sie gleichmäßig auf und ab – – und schwebte.
«Komm!» sagte Anna und schwang sich in die Nacht hinaus.
Noch ein wenig unsicher, flog Anton hinterher.

Neuigkeiten

Der Mond schien hell, und die Luft war klar und frisch. Anton fühlte sich auf einmal ganz leicht, und ohne es zu wollen, stieß er einen kleinen Freudenschrei aus.

«Spürst du es auch?» fragte Anna mit bewegter Stimme. «Was?» fragte Anton.

«Diese Stimmung – als hätte der Mond alles verzaubert. Der Kirchturm dort – er könnte der Turm eines Schlosses sein. Und die Bäume davor sehen aus wie Wächter.»

«Ja. Und der große dicke Baum sieht aus wie ein Reiter auf einem Pferd.»

«Nein, eher wie Tante Dorothee», sagte Anna und kicherte.

Anton erschrak. «Tante Dorothee? Wo?»

«Nirgendwo», beruhigte ihn Anna. «Nur der kugelige Baum hat mich an sie erinnert. Aber eigentlich stimmt es gar nicht mehr: Tante Dorothee ist nämlich viel dünner geworden. Sie muß jetzt immer teilen – mit Olga!»

«Wer ist Olga?»

«Ihre Nichte. Aber davon will ich dir nachher erzählen – wenn wir in der Gruft sind.»

«In der Gruft?» Anton wurde ganz komisch zumute. «Hast du nicht gesagt, daß wir etwas unternehmen wollen?»

«Schon. Ich möchte dir nur vorher etwas geben ... ein Geschenk!»
«Ein Geschenk?» Anton war sich gar nicht sicher, ob er überhaupt eins haben wollte.
«Es liegt in meinem Sarg», erklärte Anna.
«Hättest du es nicht mitbringen können?»
Sie kicherte. «Du sollst es selbst abholen.»
Anton fand die Vorstellung, mit Anna in die Vampirgruft zu gehen und vielleicht einem ihrer blutrünstigen Verwandten zu begegnen, nicht gerade verlockend!
«Und – die anderen Vampire?» fragte er ängstlich.
«... sind unterwegs.»
«Und Tante Dorothee? Und Olga?»
«... die auch!»
Wenn das nur stimmte! Bei jedem Besuch in der Gruft war bisher irgend etwas Unvorhergesehenes passiert. Einmal hätte ihn fast Tante Dorothee erwischt ...
«Ich – ich möchte lieber draußen warten», sagte er.
«Draußen? Das ist viel gefährlicher», antwortete Anna.
«Geiermeier treibt sich jetzt fast jede Nacht auf dem Friedhof herum, zusammen mit seinem neuen Gärtner.»
«Er hat einen Gärtner?»
Anna nickte düster. «Schnuppermaul. Aus Stuttgart.»
«O je ... und seit wann?»

«Seit genau drei Wochen. Da sah ich, wie ein großer Möbelwagen vor Geiermeiers Haus stand und wie sie Schnuppermauls Sachen ins Haus schleppten. Am nächsten Abend war ein Pappschild an der Tür befestigt: SCHNUPPERMAUL, Gärtner. Und dieser Schnuppermaul stinkt auch nach Knoblauch und hat die Taschen voller angespitzter Holzpfähle – genau wie Geiermeier!»
Sie machte eine Pause.
«Aber eines Nachts werden sie mich kennenlernen!» sagte sie dann grimmig und schüttelte ihre kleinen Fäuste. «Schließlich bin ich Anna die Mutige.»
«Was willst du denn tun?» fragte Anton.
«Mir wird schon etwas einfallen», sagte sie, doch ihre Stimme klang ziemlich kleinlaut.
«Ich würde dir gern helfen», sagte Anton.
«Ehrlich? Ach, Anton! Ich könnte dir einen Kuß geben!»
«L-lieber nicht», stotterte Anton. «S-sonst stürzen wir ab. Und außerdem ist da vorne schon der Friedhof.»
Er deutete auf die alte grauen Friedhofsmauer, die vor ihnen lag.
Annas Gesicht nahm einen gespannten Ausdruck an. «Wir müssen vorsichtig sein!» sagte sie und faßte Antons Hand.
Sie verlangsamten ihren Flug und landeten hinter der Friedhofsmauer im hohen Gras.

Das Geschenk

Es war der hinterste Winkel des Friedhofs. Hier gab es keine gepflegten Gräber, keine säuberlich beschnittenen Hecken, keine geharkten Wege mehr – nur schiefe Kreuze und umgestürzte Grabsteine. Alles war verwildert und verwahrlost.
Voller Unbehagen sah Anton zu der hohen Tanne hinüber, unter der sich das Einstiegsloch zur Gruft befand. Hoffentlich behielt Anna recht: daß wirklich alle Vampire unterwegs waren!
«Es ist bestimt keiner in der Gruft!» hörte er da Anna sagen.
Erschrocken zuckte er zusammen. «Kannst du etwa Gedanken lesen?»
Sie lachte leise. «Nein. Aber dein Gesichtsausdruck hat mir verraten, woran du gedacht hast.»
«Und wenn Tante Dorothee wieder ohnmächtig im Sarg liegt?» wandte er ein – in der Hoffnung, sie vielleicht doch noch von ihrem Plan abzubringen, das Geschenk zu holen.
«Nein. Sie gibt Olga im Stadtpark Unterricht. Aber das werde ich dir alles in der Gruft erzählen.»
«Und Geiermeier? und Schnuppermaul?» versuchte Anton noch einmal abzulenken.
«Die sind drüben, auf der anderen Seite des Friedhofs. Ich kann ihre Schritte auf dem Kiesweg hören.»

«Und – Rüdiger? Wo ist der?»
Es war ein letzter Versuch, Anna davon abzuhalten, in die Gruft zu gehen.
«Rüdiger! Rüdiger! Ich bin dir wohl einerlei!» rief sie.
«Natürlich nicht», versicherte er.
«Damit du's nur weißt: Rüdiger hat jetzt jemand anders!» erklärte sie mit rauher Stimme.
«Wie – – wie meinst du das?»
«Das wirst du gleich erfahren. Gehen wir!»
Ohne Antons Antwort abzuwarten, lief sie zur Tanne hinüber und schob den Stein beiseite, der das Einstiegsloch verdeckte.
Dann war sie verschwunden.
Anton folgte ihr mit weichen Knien. – Aber es war besser, zu ihr in die Gruft zu gehen, als allein auf dem Friedhof zu bleiben und vielleicht Geiermeier und Schnuppermaul in die Hände zu fallen!
Sie würden ihn bestimmt für einen Vampir halten – schließlich trug er den Umhang von Onkel Theodor.
Er ließ sich vorsichtig in den engen Schacht hinabgleiten und landete in einer kleinen Höhle: dem Vorraum zur Gruft.
Eilig zog er den Stein wieder über das Loch und betrat die Treppe, die nach unten führte.
Ein schwacher Lichtschein kam aus der Gruft, und es roch nach Fäulnis und Moder.
«Anna?» rief er.

«Ja!» hörte er ihre Stimme. «Es ist niemand da – nur wir beide.»
Anton seufzte erleichtert und ging langsam weiter. Mit jedem Schritt wurde der Modergeruch stärker. Endlich sah er Anna. Sie saß auf ihrem Sarg, hatte eine Kerze an der Wand angezündet und blickte ihm erwartungsvoll entgegen. Ihre Lippen waren ein wenig geöffnet – aber nur so weit, daß ihre spitzen Eckzähne bedeckt blieben.
Einladend zeigte sie auf den Platz neben sich: «Setz dich doch!»
«G-gleich», stotterte Anton, der ihr lieber nicht so nah kommen wollte. «Ich ... guck mich erst mal in der Gruft um! – Es sieht alles so anders aus», fügte er hinzu.
Das stimmte sogar: ein Sarg stand jetzt ganz allein in der Ecke. Es war – der Sarg des kleinen Vampirs!
«Warum steht Rüdigers Sarg nicht bei den anderen?» fragte er. «Hat er etwas angestellt?»
«Ja», bestätigte Anna und kicherte. «Wenn du dich zu mir setzt, verrate ich dir, was!»
Doch Anton zog es vor stehenzubleiben. Er deutete auf ein seltsames Holzgestell, das an der Wand lehnte.
«Was ist das?»
«Ein Klappsarg.»
«Ein Klappsarg?» Neugierig beäugte er das schwarze Gestell, das ihn an den Wandschirm seiner Oma erinnerte.

«Und wem gehört das tolle Stück?»
«Olga», antwortete sie mit Grabesstimme.
«Ob ich ihn mal aufstellen darf?» fragte Anton und strich über die alten, rostigen Scharniere.
«Nein!» rief Anna heftig.
«Aber – mich interessiert, wie man das macht!»
«Und ich interessiere dich wohl überhaupt nicht!» rief sie wütend. «Seit du hier bist, hast du noch nicht einmal nach dem Geschenk gefragt!»
Schnell lenkte er ein: «Ach ja, das Geschenk! Was ist es denn?»
Sie sprang vom Sarg und nahm den Deckel ab.
«Da liegt es – für dich!»
Widerstrebend trat Anton an den Sarg und spähte hinein. Auf dem roten Kopfkissen, das schon arg zerschlissen war, entdeckte er ein kleines, in Silberpapier gewickeltes Päckchen.
Anna beobachtete ihn in atemloser Spannung.
Als er zögerte, rief sie ungeduldig: «Willst du es nicht angucken?»
«Doch –» Mit zitternden Fingern löste er die Verpackung. Ein Schnuller kam zum Vorschein – – Annas Schnuller! Entsetzt starrte er auf das alte, abgekaute Ding.
«Freust du dich?» rief Anna.
«J-ja», stammelte er.
«Komm, ich binde ihn dir um», sagte sie eifrig und nahm den Schnuller.
«Nein!» schrie Anton auf und wich zurück.

Anna sah ihn mit großen, ungläubigen Augen an. «Gefällt er dir etwa nicht?»
«Ich ... ich brauche ihn doch gar nicht», stotterte er.
«Soll das heißen, du willst ihn nicht haben?» rief sie mit sich überschlagender Stimme. «Ich schenke dir das einzige, was ich besitze – – und du willst es nicht ...?!»
Anton bekam eine Gänsehaut. Wenn es ihm jetzt nicht gelang, Anna zu besänftigen, ging es ihm bestimmt an den Kragen!
Aber was sollte er tun?
Den Schnuller nehmen? Bei dem bloßen Gedanken daran drehte sich ihm der Magen um!
So stand er nur stumm und hilflos da und verfolgte, wie sie den Schnuller in ihren Sarg zurücklegte und den Deckel zuklappte.
Dann sagte sie mit finsterer Miene: «Los, wir fliegen!»
«Und wohin?» fragte er angstvoll.
«Zu dir», antwortete sie barsch und blies die Kerze aus. Anton mußte sich im Dunkeln hinter ihr her zum Ausgang tasten.
Auf dem ganzen Heimweg sprach sie kein Wort.
«Gute Nacht, Anna», sagte er, als sie sein Fenster erreicht hatten.
Doch sie biß die Lippen zusammen und segelte grußlos davon.

Leiche auf Urlaub

Zum Frühstück am nächsten Morgen gab es selbstgebackene Rosinenbrötchen.
Sonst konnte Anton vier oder fünf davon essen, aber heute hatte er überhaupt keinen Appetit.
Lustlos bestrich er ein Brötchen mit Butter.
«Du siehst völlig übermüdet aus», bemerkte seine Mutter.
«So?» sagte Anton nur.
«Ja. Du hast richtige Schatten unter den Augen.»
«Wie eine Leiche auf Urlaub!» sagte Antons Vater und lachte so laut, daß er fast seinen Kaffee verschüttete.
«Das kommt von der Schule», brummte Anton.
«Von der Schule?» antwortete die Mutter spöttisch. «Das kommt vom Fernsehen!»
«Wenn du meinst ...» sagte Anton.
Er goß sich Milch ein, rührte Kakaopulver dazu und trank – aber auch der süße Kakao wollte ihm nicht schmecken.
«Wie ein strahlender Romeo siehst du heute wirklich nicht aus!» neckte ihn der Vater.
«Du mit deinem blöden Romeo!» knurrte Anton.
Sein Vater grinste breit. «Das Theaterstück hätte dir bestimmt gefallen. Der letzte Akt spielt nämlich – – in einer Gruft!»
«In einer G-gruft?» Anton war so verblüfft, daß

ihm das Rosinenbrötchen aus der Hand fiel. «Auf einem Friedhof?»
«Allerdings! Mit Särgen und Leichentüchern und Toten und Scheintoten ...»
«Mußt du Anton das alles erzählen?» sagte Antons Mutter mißvergnügt.
«Warum nicht?» antwortete der Vater. «Immerhin ist ‹Romeo und Julia› eine der großen Liebestragödien der Weltliteratur.»
«Was ist eine Tragödie?» wollte Anton wissen.
«Ein Trauerspiel.»
«Dann kriegen sie sich nicht?»
«Wer?»
«Romeo und Julia.»
«Nein», antwortete der Vater. «Zum Schluß wird Julia, die in einen todesähnlichen Schlaf gefallen ist, in ihrer Familiengruft bestattet. Romeo glaubt, sie sei wirklich tot. An ihrem Sarg schluckt er Gift und stirbt. Als Julia erwacht, findet sie ihren toten Romeo – und ersticht sich mit seinem Dolch.»
«Puh – das muß gruselig gewesen sein!» sagte Anton.
«Warst du aufgeregt?»
«Aufgeregt?» Der Vater lachte. «Ein bißchen.»
«Also, ich hätte Herzklopfen bekommen!» sagte Anton schwärmerisch. «Friedhof, Gruft, Särge, Tote ...»
«Da siehst du, was du angerichtet hast!» schimpfte

Antons Mutter. «Jetzt ist er wieder bei seinem Lieblingsthema angelangt.»
Anton zog die Augenbrauen hoch und machte ein sehr würdevolles Gesicht.
«Vati wollte nur etwas für meine Bildung tun – – schließlich muß man sich doch auskennen – – in der Weltliteratur!»
«Ach, mir reicht es jetzt!» rief die Mutter und stand auf. Mit einem Knall schlug die Küchentür hinter ihr zu.
Anton sah seinen Vater an und grinste.
«Leihst du mir das Buch?»
«Welches Buch?»
«Das von Romeo und Julia.»
«Ich weiß nicht, ob es schon für dich geeignet ist –»
«Klar! Wenn es in einer Gruft spielt!»

Komm Zeit, kommt Zahn

Doch Anton merkte bald, daß sein Vater recht gehabt hatte: er verstand kaum ein Wort. Mit einem Seufzer legte er das Buch weg und nahm «Carmilla der weibliche Vampir» aus dem Regal – eine Vampirgeschichte von Sheridan Le Fanu.
Das war ja auch – Weltliteratur!

Begierig schlug er das erste Kapitel auf: «Ein unheimliches Vorzeichen».

Als es draußen dunkel wurde, hatte er das Buch durchgelesen – unterbrochen vom Mittagessen und vom Abschied seiner Eltern, die einen langen Sapziergang machen wollten, wozu Anton nicht die geringste Lust hatte.

Seltsam war, daß ihm die Geschichte früher, als er Anna und Rüdiger noch nicht kannte, viel besser gefallen hatte. Vielleicht lag es an dem grausigen Schluß: Carmilla wird ein spitzer Pfahl durchs Herz getrieben ...

Nein, so ein entsetzliches Ende durften Anna und Rüdiger nie finden!

Er mußte wieder an die Gruft denken und an Annas enttäuschtes Gesicht. Hätte er den Schnuller annehmen und so tun sollen, als ob er sich freute? Aber er konnte nicht lügen, jedenfalls nicht beim Anblick dieses ekligen Geschenks! Bestimmt war Anna immer noch wütend auf ihn ...

Ein Klopfen am Fenster schreckte ihn aus seinen Gedanken. Er sah eine dunkle Gestalt, die ins Zimmer spähte – – Rüdiger?

Freudig lief er ans Fenster und öffnete.

Auf dem Fenstersims saß Anna.

«Du?» sagte Anton verwirrt. «Ich dachte ...»

«... ich sei dir böse, nicht wahr?» antwortete sie. «Aber das bin ich nicht – nicht mehr. Darf ich hereinkommen?»

«B-bitte», stotterte Anton. «Meine Eltern gehen spazieren.»
«Und du?» sagte sie, als sie im Zimmer stand. «Bist du mir noch böse?»
«Nein –» murmelte Anton.
«Ich war natürlich sehr enttäuscht, als du den Schnuller nicht haben wolltest», erklärte sie und setzte sich auf Antons Bett. «Aber dann habe ich noch mal darüber nachgedacht, und dabei ist mir klargeworden, daß du den Schnuller im Moment

noch gar nicht gebrauchen kannst – und deshalb hast du dich auch nicht über das Geschenk gefreut.»

Anton erbleichte. «Wie meinst du das – noch nicht?»

Sie lächelte, und Anton sah ihre scharfen weißen Zähne aufblitzen.

«Ganz einfach», sagte sie sanft. «Weil du noch kein Vampir bist. Nur als heranwachsender Vampir mußt du einen Schnuller haben, damit deine Eckzähne lang und spitz werden und deine Vorderzähne klein bleiben.»

«Aber meine Vorderzähne wachsen überhaupt nicht mehr!» rief Anton.

«Nicht?» sagte sie überrascht. «Sind es keine Milchzähne mehr?»

«Nein!»

«Ach so – dann ist der Schnuller bei dir ganz überflüssig ... Dann werden deine Eckzähne von selbst lang und spitz – wenn du erst Vampir geworden bist!»

«Aber – ich will kein Vampir werden!» rief Anton.

Anna lachte verschmitzt. «Wer weiß ...»

Am liebsten hätte Anton etwas Heftiges entgegnet – aber er wollte sich nicht schon wieder mit ihr streiten, und so sagte er nur: «Bestimmt nicht!»

Anna jedoch machte ein vielsagendes Gesicht.

«Kommt Zeit, kommt Zahn», meinte sie und fügte kichernd hinzu:

«Abwarten und Blut – äh, Tee trinken!»
Wieder sah Anton ihre Vampirzähne, und es lief ihm kalt den Rücken herunter.
«Ich ... muß noch Schularbeiten machen», sagte er hastig.
Er ging an seinen Schreibtisch und begann in seinen Schulsachen zu kramen.
«Möchtest du nicht das Neueste von Rüdiger hören?» fragte Anna.
Anton gab keine Antwort. Er hatte gerade festgestellt, daß er noch einen Aufsatz schreiben mußte – zu dem Thema «Was ich später einmal werden möchte».
«Was hast du gesagt?» fragte er geistesabwesend.
«Ich wollte dir etwas von Rüdiger erzählen. Er hat sich nämlich verliebt!»
«Verliebt? In wen?»
«In Olga Fräulein von Seifenschwein. – Aber du hörst mir ja überhaupt nicht zu!»
Anna sprang vom Bett und stellte sich neben Anton. Halblaut las sie die Überschrift in seinem Deutschheft.
«So ein blödes Thema!» brummte Anton. «Als ob ich jetzt schon weiß, was ich mal werden will!»
«Sind das Schularbeiten?» erkundigte sich Anna.
Er nickte. «Leider.»
Doch Anna schien eine andere Meinung über Schularbeiten zu haben: «Darf ich sie für dich machen? Bitte!»

«Und wie stellst du dir das vor?»
«Ich schreibe den Aufsatz für dich. Wenn ich mich anstrenge, merkt das niemand.»
«Aber ich muß den Aufsatz übermorgen abgeben.»
«Kein Problem! Morgen bringe ich dir das Heft wieder.»
Und schon steckte sie Antons Heft unter ihren Umhang.
«W-warte!» sagte Anton, dem das alles zu schnell ging. «Und womit willst du schreiben?»
«Mit deinem Füller», antwortete sie, nahm Antons Füller und ließ ihn ebenfalls unter dem Umhang verschwinden.
«Soll ich dir jetzt von Rüdigers großer Liebe erzählen?»
«Von Rüdigers großer Liebe?» wiederholte Anton verwundert.
«Siehst du? Du hast eben überhaupt nicht zugehört!» rief Anna vorwurfsvoll. «Dabei habe ich dir vor zehn Minuten erzählt, daß sich Rüdiger in Olga Fräulein von Seifenschwein verliebt hat.»
«Verliebt?» Vielleicht war das die Erklärung dafür, daß ihn der kleine Vampir schon seit ein paar Wochen nicht mehr besucht hatte!
«Wohnt Olga jetzt bei euch?»
«Ja – bedauerlicherweise, Tante Dorothee ist ihre einzige noch – ähem – lebende Verwandte. Olgas Eltern sind nämlich in ihrem Schloß in Transsylva-

nien, wo die Familie von Seifenschwein seit Jahrhunderten ansässig war, von Vampirjägern umgebracht worden!»
Die letzten Worte stieß sie so haßerfüllt hervor, daß es Anton kalt überlief.
«Transsylvanien – bei Graf Dracula?» fragte er mit einem heimlichen Schauder.
«Im Nachbarschloß», antwortete Anna düster.
Anton seufzte – teils aus Bewunderung für den berühmten transsylvanischen Grafen, teils aus Mitleid mit Olga.
«Und wie hat sie die weite Reise gemacht?»
«Ihr Vater sammelte begeistert Särge. Das ausgefallenste Stück seiner Sammlung war der Klappsarg. Den hat sie sich auf den Rücken gebunden und ist losgeflogen.»
«Das muß schrecklich anstrengend gewesen sein!»
«Ja. Aber das ist noch lange kein Grund, sich so zu benehmen», sagte Anna grimmig.
«Wieso – was macht sie denn?»
«Sie hält sich für etwas Besseres, weil sie in einem Schloß gewohnt hat. Dort hatten sie Bedienstete, die alles für sie erledigen mußten – angeblich sogar die Nahrungsbeschaffung. Olga kann nicht mal ein Kaninchen fangen – jedenfalls tut sie so. Sie verläßt sich darauf, daß wir sie mitversorgen. Vor allem natürlich Tante Dorothee, weil sie Olgas Tante ist. Tante Dorothee versucht jetzt, Olga Unterricht im Anfliegen und Anschleichen zu geben,

aber viel Erfolg hat sie bisher noch nicht gehabt. Olga ist einfach zu bequem und zu verwöhnt – – nur scheint das keiner zu bemerken. Am wenigsten Rüdiger, der ihr jeden Wunsch von den Augen ablesen möchte.» Sie preßte die Lippen zusammen und schwieg.

In diesem Augenblick klingelte es an der Tür.

«Das sind bestimmt meine Eltern!» rief Anton.

Anna lief zum Fenster.

«Gute Nacht, Anton», sagte sie und flog davon.

Anton ging zur Wohnungstür und öffnete.

«Na, Anton, hast du dich schön gelangweilt?» fragte sein Vater, während er sich die schmutzigen Schuhe auszog.

«Hm – wie man's nimmt», sagte Anton.

Die Mutter nickte befriedigt.

«Wenn du mit uns gekommen wärst, hättest du dich nicht gelangweilt. Aber du wußtest es mal wieder besser!»

Anton grinste vergnügt. «Ja, ich wußte es mal wieder besser!»

Spion aus Liebe

Am Montagabend ging Anton gleich nach dem Abendbrot in sein Zimmer – obwohl es im Fernsehen einen alten Cowboyfilm gab, den sogar seine Eltern sehen wollten.

Aber Anton hatte erklärt, er müsse noch etwas für die Schule tun. Das stimmte ja auch: er mußte sich sein Deutschheft zurückgeben lassen!

In seinem Zimmer öffnete er das Fenster und lehnte sich hinaus – da entdeckte er Anna. Wie ein großer Nachtfalter schwebte sie heran und landete auf dem Fensterbrett.

«Hallo, Anton», sagte sie, noch ein wenig außer Atem.

«Hallo!» antwortete er mit belegter Stimme.

Sie griff unter ihren Umhang und reichte ihm sein Heft und seinen Füller.

«Hier. Ich habe mir besonders große Mühe gegeben!»

«Danke», sagte Anton verlegen und wollte das Heft aufschlagen.

Doch sie rief: «Nicht! Du sollst es erst lesen, wenn du allein bist. – Außerdem haben wir beide jetzt etwas viel Besseres vor!» fügte sie hinzu.

«Wir? Aber meine Eltern sind da!»

«Kannst du dir keine Ausrede überlegen? Es dauert nur eine halbe Stunde.»

«Und wohin wollen wir?»
Anna kicherte. «In den Stadtpark. Heute ist Olgas letzte Übungsstunde.»
«Muß sie sich danach selbst ernähren?»
«Nein. Tante Dorothee will nur den Übungsplatz wechseln. Im Stadtpark wird ihr der Boden langsam zu heiß.»
«Wie – zu heißt?»
«Na ja – Olga stellt sich so dumm und ungeschickt an, daß schon mehrmals Spaziergänger und Parkwächter auf sie aufmerksam geworden sind. – Aber das wirst du ja gleich selbst erleben! Übrigens, Rüdiger ist auch da!»
«Rüdiger?» Beim Gedanken an den kleinen Vampir bekam Antons Stimme einen freudigen Klang. «Gibt er Olga auch Unterricht?»
«Nein!» antwortete Anna und lachte hinter vorgehaltener Hand. «Im Gegenteil. Tante Dorothee hat ihm strengstens verboten dabeizusein. Sonst kann sich Olga noch schlechter auf ihre Übungen konzentrieren.»
«Und jetzt guckt er heimlich zu?»
«Ja! Ein Spion aus Liebe!» Anna lachte hell auf, so daß Anton schon fürchtete, seine Eltern könnten es hören.
«Nicht so laut!» sagte er.
«Kommst du nun mit?» fragte sie flüsternd. «Du hast auch noch Onkel Theodors Umhang.»
Anton zögerte. Aber die Aussicht, Olga bei einer

ihrer Übungsstunden zu belauschen und vielleicht den kleinen Vampir zu treffen, reizte ihn sehr.

«Und wenn Tante Dorothee uns sieht?»

«Bestimmt nicht!» beruhigte ihn Anna. «Die ist viel zu beschäftigt.»

«Also gut», erklärte Anton. «Ich sage nur meinen Eltern Bescheid.»

«Du verrätst ihnen doch nichts?» fragte Anna mißtrauisch.

«Nein, natürlich nicht. Ich hab schon eine Idee, was ich ihnen erzähle ... aber du mußt den Umhang nehmen.»

Mit dem Deutschheft in der Hand ging er zur Tür. «Warte unten auf mich!»

Zehn Minuten später kam Anton aus dem Haus. Langsam ging er den Plattenweg entlang und guckte sich aufmerksam um – doch Anna entdeckte er nicht.

Plötzlich hielt ihm jemand von hinten die Augen zu.

Anton schrie auf und fuhr herum.

Es war Anna.

«Ach, du bist es!» sagte er erleichtert.

«Hat alles mit deinen Eltern geklappt?» fragte sie.

«Ja. Ich habe ihnen erzählt, ich müßte noch mal zu Ole – meinen Aufsatz besprechen.»

Grinsend deutete er auf sein Deutschheft, das er in den Hosenbund gesteckt hatte.

«Und das haben sie geglaubt?»

«Klar! Wenn es um Schularbeiten geht ...! Aber ich soll mich nicht so lange aufhalten, haben sie gesagt.»

«Ja, komm, beeilen wir uns!» sagte Anna und gab ihm den zweiten Umhang.

Anton zog ihn über, und sie flogen los.

Nach einer Weile tauchte der Stadtpark unter ihnen auf. Anton erkannte die große Liegewiese, das Planschbecken. Rund um das Planschbecken standen Spielgeräte, die in der Dunkelheit wie unheimliche Wesen aus der Urzeit aussahen. Ängstlich spähte Anton zu den hohen Bäumen hinüber.

«Siehst du Olga und Tante Dorothee?» fragte er leise.

«Nein», antwortete Anna flüsternd. «Sie lauern hinter dem Toilettenhäuschen.»

«Wer soll denn da vorbeikommen?»

Anna kicherte. «Leute, die mal müssen: Spaziergänger, Kinder, die Laterne laufen, Sportler ...»

Sie zeigte auf einen Mann in einem Trainingsanzug, mit leuchtendweißen Turnschuhen: «Da! Ein Dauerläufer! – Komm, wir verstecken uns in dem großen Baum dort», flüsterte sie und steuerte eine mächtige Eiche an.

Anton flog hinterher und landete neben Anna in einer Astgabel. Gebannt sahen sie zu, wie der Mann um das Planschbecken herumlief und sich dem Toilettenhäuschen näherte.

«Wo ist eigentlich Rüdiger?» fragte Anton, als eine

heisere Stimme über ihnen antwortete: «Guck doch mal nach oben!»

Vor Schreck wäre Anton beinahe vom Ast gepurzelt, auf dem er saß. Er hob den Kopf – und erblickte den kleinen Vampir.

«Rüdiger, du?» sagte er freudig.

«Ja», zischte der Vampir und nickte ihm flüchtig zu. «Aber stör mich nicht: ich muß aufpassen ...»

«Du bist ja nicht sehr nett zu deinem besten Freund», meinte Anna.

Der Vampir antwortete nicht.

In fieberhafter Anspannung starrte er in die Richtung des Toilettenhäuschens.

«Jetzt!» murmelte er. «Pack zu, Olga!»

Unwillkürlich zuckte Anton zusammen. Aber die anfeuernd den Worte hatten sich ja nicht auf ihn bezogen, sondern auf den Mann im Trainingsanzug, der soeben ahnungslos im Toilettenhäuschen verschwunden war.

Anton hielt den Atem an – was würde nun geschehen?

Eine kleine Gestalt in einem schwarzen Umhang kam hinter dem Häuschen hervor und ging zögernd auf die Tür zu. Das mußte Olga sein! Sie trug etwas Helles auf dem Kopf – aber was es war, konnte Anton nicht ausmachen.

Würde sie hineingehen?

Nein! Jetzt erschien der Mann wieder.

Olga trat auf ihn zu, hob drohend ihre Arme – –

und der Mann begann zu lachen! Er lachte so laut, daß es über den ganzen Platz zu hören war.
Dann drehte er sich um und lief einfach weiter – eine völlig verdutzte Olga zurücklassend.
«So ein Mistkerl!» schimpfte der kleine Vampir. «Er hätte sich wenigstens erschrecken können! Auf diese Weise kann Olga nie Selbstvertrauen entwickeln!»
«Pah, Selbstvertrauen!» sagte Anna. «Das hat Olga mehr als genug!»
«Du bist ja nur neidisch», erwiderte der Vampir.
«Neidisch? Auf Olga? Nie und nimmer. Es macht mich nur wütend, mit anzusehen, wie du dich von ihr herumkommandieren läßt.»
«Ich? Mich kommandieren lassen?»
«Jawohl!» sagte Anna. «Du bist vor lauter Liebe blind und merkst nicht einmal, was für ein eigensüchtiges Biest deine Olga ist.»
«Was sagst du da?»
Der kleine Vampir stieß einen Schrei aus.
«*Du* bist das Biest – du – du Milchgebiß!»
Anton zitterte am ganzen Körper. Dieser Lärm konnte Tante Dorothee auf keinen Fall verborgen bleiben!
Und richtig: während sich Anna und Rüdiger weiter lautstark stritten, kam eine große dunkle Gestalt vor das Toilettenhäuschen und sah zu ihnen herüber.
«Um Himmels willen – Tante Dorothee!» rief An-

ton den beiden zu. Anna und Rüdiger verstummten – doch zu spät.
Schrill klang Tante Dorothees Stimme über den menschenleeren Platz: «Rüdiger?! Versteckst du dich da im Baum?»
«Ja, Tante Dorothee», antwortete der kleine Vampir mit kläglicher Stimme.
«Du bist doch nicht allein – oder?» fragte sie schneidend. Anton erstarrte.
«A-Anna ist bei mir», stotterte der Vampir.
«Ich wollte ihn davon abbringen, euch weiter nachzuspionieren!» rief Anna.
«Verschwindet! Auf der Stelle!» keifte Tante Dorothee.
«Und laßt euch nicht wieder blicken!»
«Ja, sofort!» rief der kleine Vampir.
Anna und Anton wechselten einen Blick.
«Laß mich nicht im Stich», flehte Anton.
Anna lächelte ihm aufmunternd zu.
«Ich komme wieder», sagte sie leise.
Dann flog sie mit Rüdiger davon – und Anton blieb allein zurück.
Er wagte kaum zu atmen – aus Angst, sich zu verraten. Ein paar Minuten vergingen, die ihm wie eine Ewigkeit vorkamen.
Warum nur blieb Tante Dorothee vor dem Toilettenhäuschen stehen? Ahnte sie, daß noch jemand im Baum saß ...?
Wenn sie herüberkam, war er verloren! Er dachte

daran, wie sie nur durch ihren Blick Menschen hypnotisieren konnte ...

Plötzlich sah Anton zwischen den Bäumen auf der anderen Seite des Planschbeckens etwas aufleuchten, und gleich darauf traten drei Jugendliche aus dem Schatten der Bäume und schlenderten auf das Häuschen zu.

Anton fiel ein Stein vom Herzen: Tante Dorothees Interesse hatte also nicht ihm gegolten, sondern den Jugendlichen!

Einer von ihnen hielt eine Taschenlampe in der Hand, die er hin und wieder aufblitzen ließ. Jetzt richtete er ihren Strahl auf das Toilettenhäuschen, genau dorthin, wo eben noch Tante Dorothee gestanden hatte – – doch nun war sie verschwunden.

In diesem Augenblick berührte jemand Antons Schulter. Er schreckte hoch. Zu seiner großen Erleichterung sah er Anna neben sich stehen.

«Komm schnell», flüsterte sie, «solange Tante Dorothee noch hinter dem Häuschen ist!»

Nur allzugern verließ Anton sein Versteck und folgte ihr.

In der Luft meinte er: «Die arme Olga! Mit den Typen, die gerade gekommen sind, wird sie bestimmt nicht fertig.»

«Wie bitte?» fauchte Anna. «Nimmst du Olga jetzt auch schon in Schutz?»

«N-nein», widersprach er schnell.

«Genauso fing es bei Rüdiger an!» sagte sie düster.

«Erst tat sie ihm leid, und er wollte ihr nur helfen – und dann zappelte er hilflos in ihrem Netz.»
«In welchem Netz?»
«Das sagt man so. Olga umgarnt jeden, bis er genau das tut, was sie will.»
Anton sah sie an und wußte nicht, was er antworten sollte. Aber irgend etwas mußte er sagen, um sie wieder aufzumuntern ...
Beim Abschied meinte er: «Wegen Olga brauchst du dir keine Sorgen zu machen. Ich halte zu dir.»
«Danke», sagte sie und lächelte schwach.
Dann flog sie rasch weiter.
Anton ging ins Haus und drückte auf den Fahrstuhlknopf.

Annas Aufsatz

Im Fahrstuhl merkte er plötzlich, daß er noch den Vampirumhang trug. In fieberhafter Eile zog er ihn aus und versuchte, ihn zusammenzulegen, was in der engen Kabine gar nicht so leicht war.
Aber er schaffte es, und als der Fahrstuhl hielt, hatte er den Umhang unter seinem Pulli versteckt.
Mit feuchten Händen schloß er die Wohnungstür auf. Er hörte laute Männerstimmen – und atmete

auf: denn das bedeutete, daß der Film noch lief. Seine Eltern hatten bestimmt keine Gelegenheit gehabt, sich über sein langes Ausbleiben zu wundern!
«Ist dein Aufsatz fertig?» rief seine Mutter, als er am Wohnzimmer vorbeikam.
«Ja!» sagte er und ging hastig weiter.
In seinem Zimmer hatte er gerade den muffigen Umhang in der untersten Schublade seines Schreibtisches verstaut – da trat seine Mutter ins Zimmer.
«Puh dieser Gestank!» sagte sie und rümpfte die Nase. «Oles Eltern müssen aber starke Raucher sein.»
«Sind sie auch», bestätigte Anton und unterdrückte ein Kichern.
«Und ihr habt wirklich nur für die Schule gearbeitet?»
«Natürlich!»
«Darf ich den Aufsatz mal lesen?»
Anton wurde blaß. «Warum?»
«Du weißt doch selbst, wie viele Flüchtigkeitsfehler du immer machst.»
«D-diesmal nicht», versuchte Anton sie davon abzubringen.
Doch umsonst:
«Das glaube ich nicht», erklärte sie. «Wenn man so spät Schularbeiten macht, unterlaufen einem meistens viel mehr Fehler als sonst.»

«Na schön», seufzte Anton, und schicksalsergeben zog er das Heft aus dem Hosenbund.
Es hatte einen Knick bekommen, sah aber noch ganz brauchbar aus.
«Wie du deine Sachen behandelst ...» meinte seine Mutter.
«Wieso?» erwiderte Anton. «Das hat doch meiner Hose nicht geschadet.»
«Aber deinem Heft», sagte die Mutter verärgert und ging aus dem Zimmer.
Hoffentlich hat Anna etwas Vernünftiges geschrieben! dachte Anton.
Aber seine Hoffnung schien sich nicht zu erfüllen, denn schon nach wenigen Minuten war seine Mutter wieder da – und zwar ziemlich aufgebracht.
«Anton, komm mal rüber! Wir müssen mit dir reden», erklärte sie.
«Weshalb denn?» tat er ahnungslos.
«Das kannst du dir wohl denken!»
«Nein!»
«Soso. Als nächstes sagst du noch, du hättest den Aufsatz nicht selbst geschrieben!»
«Genau», knurrte Anton – sie würde ihm ja sowieso nicht glauben.
Mit gemischten Gefühlen trottete er hinter ihr her ins Wohnzimmer.
Sein Vater saß auf dem Sofa und hielt Antons Deutschheft in der Hand. Er zeigte auf den Sessel: «Setz dich.»

«Nein danke», entgegnete Anton, «ich stehe lieber.»
«Also gut.» Der Vater räusperte sich, als wollte er eine Rede halten, und begann:

Was ich später einmal werden möchte.
Ich möchte Vampir werden, weil ich glaube, daß Vampire keine von Grund auf bösen Geschöpfe sind, wie in vielen Büchern und Filmen behauptet wird, sondern daß es von ihrem Charakter abhängt (genau wie bei den Menschen), ob sie ‹gut› oder ‹böse› sind. Ich finde, daß es fast nur Vorteile mit sich bringen würde, Vampir zu sein: ewiges Leben und die Gabe, zu fliegen. Davon träumt die Menschheit seit jeher – ich auch. Vampir zu sein, stelle ich mir einfach wunderbar vor. Die Probleme, die es mit sich bringen würde, wären bestimmt bezwingbar, vor allem, wenn ich ein Vampirmädchen an meiner Seite hätte – denn Liebe löst alle Probleme.

Während sein Vater vorlas, versuchte Anton, ein möglichst gelassenes Gesicht zu machen – und das war gar nicht so einfach, da er den Aufsatz ja auch nicht kannte. Doch bei Annas Schlußsatz blieb ihm die Luft weg, und er bekam rote Ohren.
«Merkst du nun, was für einen haarsträubenden Unsinn du geschrieben hast?» fragte seine Mutter, die ihn beobachtet hatte.

«Ich ... das sollte ein Scherz sein», stotterte Anton.
«Ein Scherz?» Sie nahm das Heft und schwenkte es erregt durch die Luft. «Das sind – Schularbeiten!»
«Ole und ich ... wir haben gewettet.»
«Gewettet?»
«Ole hat gesagt, ich kriege fünf Mark, wenn ich schreibe, daß ich Vampir werden möchte.»
«Und du warst so dumm, auf diese Wette einzugehen!» sagte Antons Vater voller Empörung.
«Na ja bei fünf Mark –»

«Wegen läppischer fünf Mark riskierst du eine schlechte Note!» rief seine Mutter. «Und was deine Lehrerin dazu sagt, daran hast du wohl gar nicht gedacht.»
«Nein», antwortete er wahrheitsgemäß.
«Also – der Aufsatz wird noch mal geschrieben!»
«Jetzt?»
«Ja!»
«Aber du hast selbst gesagt, daß man nicht so spät Schularbeiten machen soll.»
Die Eltern wechselten einen Blick.
«Dann morgen nachmittag!» erklärte Antons Mutter. «Und deiner Lehrerin sagst du, du müßtest den Aufsatz noch mal schreiben.»
In versöhnlicherem Ton fügte sie hinzu: «Übrigens, deine Schrift hat mir gut gefallen. Du hast dir diesmal richtig Mühe gegeben, sauber und ordentlich zu arbeiten. Das solltest du beibehalten!»
«So?» murmelte Anton und wandte schnell den Kopf ab.
«Kann ich jetzt gehen?»
«Ja. Gute Nacht.»
In seinem Zimmer las er Annas Aufsatz noch einmal.
«... denn Liebe löst alle Probleme» – –
Alle Probleme bestimmt nicht! dachte er; denn jetzt mußte er morgen in der Schule sagen, daß er den Aufsatz nicht hatte ...

Fix und fertig

Am nächsten Tag dämmerte es bereits – und Anton saß noch immer am Schreibtisch.
Vor ihm lag ein neues leeres Schreibheft, das ihm seine Mutter gegeben hatte – damit Antons Lehrerin nicht aus Versehen den falschen – Annas! – Aufsatz las.
«Was ich später einmal werden möchte …»
So ein blödes Thema! Warum sollte er sich schon heute für einen Beruf entscheiden? In der Zeitung hatte er gelesen, daß man froh sein konnte, wenn man überhaupt einen Ausbildungsplatz bekam.
Eigentlich war Annas Aufsatz gar nicht so schlecht gewesen! dachte er, während er auf die weißen Seiten starrte. Was für Augen seine Lehrerin wohl gemacht hätte, wenn sie ihn gelesen hätte!
Aber Anton wollte ja kein Vampir werden – auch wenn Anna das nach wie vor hoffte. Die Sache mit dem Vampirschnuller hatte das nur allzu deutlich gezeigt.
Anna mit ihren neuen Vampirzähnen …
Plötzlich hatte Anton eine Idee, was er schreiben konnte:

Ich möchte Zahnarzt werden, begann er. *Ich möchte eine große Praxis haben und Patienten, die nicht gleich «Aua» schreien, wenn es mal weh tut.*

Zwei Behandlungsräume möchte ich haben. Einen würde ich grün streichen – grün beruhigt – den anderen rot – rot macht lustig. Ängstliche Patienten würde ich im grünen Zimmer behandeln, traurige im roten. Ich würde mir nur die allerbesten Bohrer kaufen. Beim Bohren würde ich fröhliche Musik spielen ...

Anton brach ab. Das mußte doch reichen, oder?
Ein aufgeregtes Klopfen am Fenster ließ ihn zusammenfahren. Er blickte hoch und sah zwei schwarzgekleidete Gestalten auf seinem Fenstersims sitzen: Anna, die ihm freundlich zulächelte – und den kleinen Vampir!
Rüdiger schien es sehr eilig zu haben, denn jetzt pochte er schon wieder an die Scheibe.
«Ja, gleich», sagte Anton. Er ging zur Tür und drehte leise den Schlüssel herum, bevor er das Fenster öffnete.
«Hast du den Umhang?» fragte Rüdiger ohne Umschweife und sprang mit einem Satz ins Zimmer.
Anna ließ sich geschmeidig vom Fensterbrett gleiten.
«Guten Abend, Anton!» sagte sie.
«Hallo», murmelte Anton – ziemlich verwirrt über den plötzlichen Besuch der beiden.
«Und wo ist er nun?» knurrte der kleine Vampir und sah sich suchend um.
«Wer?» fragte Anton.

«Onkel Theodors Umhang», erklärte Anna. «Wir brauchen ihn – für Olga. Sie hatte gestern abend ein Mißgeschick mit ihrem Umhang.»
«Mißgeschick nennst du das?» widersprach Rüdiger erregt. «Sie schwebte in Lebensgefahr!»
«Nicht so laut!» wandte Anton beschwörend ein. «Meine Eltern sitzen im Wohnzimmer.»
«Deine Eltern? Im Wohnzimmer?» Der Vampir warf einen erschrockenen Blick zur Tür.
«Ich habe abgeschlossen», beruhigte Anton ihn. «Aber wir müssen trotzdem leise sein.»
«Na gut», sagte der kleine Vampir, und mit gedämpfter Stimme fragte er: «Also – wo hast du ihn?»
«Dräng Anton doch nicht so!» entgegnete Anna. «Er möchte bestimmt erst mal wissen, was mit Olgas Umhang passiert ist. Nicht wahr, Anton?»
Anton nickte.
«Meinetwegen», knurrte der Vampir und setzte sich auf das Bett.
Anton fiel auf, daß er noch bleicher als sonst aussah. Seine Augen waren gerötet, und er wirkte abgezehrt und mager.
«Liebe macht schön» – auf den kleinen Vampir traf dieser Spruch jedenfalls nicht zu!
«Und was war nun mit dem Umhang?» erkundigte sich Anton.
«Olga wurde von drei brutalen Jugendlichen angegriffen», sagte der Vampir düster.

«Das behauptet sie!» erwiderte Anna und lachte spöttisch.
«Warst du vielleicht dabei?» zischte Rüdiger wütend.
«Nein. Aber Tante Dorothee. Und die hat mir erzählt, wie es wirklich war.
«Da bin ich aber gespannt!» sagte der Vampir giftig.
«Olga und Tante Dorothee wollten sich von hinten an die Jugendlichen heranschleichen», berichtete Anna. «Aber Olga verpatzte alles durch ihr lautes Trampeln! Die Jugendlichen wurden mißtrauisch, drehten sich um, der eine schaltete seine Taschenlampe ein ... und Tante Dorothee und Olga mußten geblendet fliehen. – Dabei blieb Olga mit ihrem Umhang in einem Dornenstrauch hängen.»
«Pah!» machte der Vampir. «Es war alles ganz, ganz anders! Das weiß ich von Olga – und Olga lügt nicht.»
«So?» antwortete Anna nur und blickte vielsagend zur Decke.
«Ja! Ohne Grund fielen die Jugendlichen über sie her – zu dritt! – zerrissen ihren Umhang und zogen an ihren Haaren. Einer nahm ihr die Schleife weg – Olgas Lieblingsschleife, das letzte Geschenk ihres Vaters ...»
Der kleine Vampir schluchzte.
«Ach, wie rührend!» sagte Anna bissig.
«Und der Umhang?» fragte Anton.

«Kaputt, völlig kaputt», antwortete der Vampir und rang die Hände.
«Du übertreibst mal wieder», bemerkte Anna trocken. «Er hat nur ein paar große Löcher, die man wieder stopfen kann.»
«Ja, aber das wird dauern! Wenn ich nur stopfen könnte ...» Die Stimme des Vampirs bekam einen schwärmerischen Ton. «Ich würde mir Olgas Umhang auf die Knie legen und zärtlich den Faden durch den schwarzen Stoff ziehen, Stunde um Stunde ...» Er seufzte schwer.
«Vielleicht zeigt dir Tante Dorothee, wie man es macht», knurrte Anna. «Dann könnt ihr einen Nähclub gründen – für eure geliebte Olga!»
«Bäh!» sagte der Vampir und streckte Anna die Zunge heraus. Zum erstenmal sah Anton eine Vampirzunge: sie war dunkelrot und sehr lang.
Ein Schauer überfiel ihn.
«Ich ... äh ... ihr wollt jetzt sicher den Umhang haben», stotterte er. «Mo-Moment, er ist in meinem Schreibtisch.» Er öffnete die Schublade und zog den Umhang hinter den Heften hervor.
In diesem Augenblick näherten sich Schritte im Flur.
Der kleine Vampir raffte den Umhang an sich, sprang aufs Fensterbrett und flog ohne ein Wort davon.
Anna sagte hastig: «Bis bald, Anton!» und flog hinterher.

«Anton, wieso hast du abgeschlossen?» hörte er da seine Mutter rufen. «Mach auf!»
«Sofort», antwortete er und ging betont langsam zur Tür. Mit rotem Kopf stand seine Mutter davor.
«Seit wann schließt du dein Zimmer ab?» rief sie aufgebracht. «Du weißt, daß wir das nicht mögen! Niemand hier in der Wohnung schließt sein Zimmer ab, Vati nicht, ich nicht ... Wir haben doch keine Geheimnisse voreinander – – oder etwa doch?» fragte sie, plötzlich mißtrauisch geworden, und trat ein. «Es riecht wieder so angebrannt ...»
«Das war mein Kopf», sagte Anton, «der hat geraucht – vom vielen Nachdenken.»
Seine Mutter sah ihn ungläubig an. Dann fiel ihr Blick auf das Heft.
«Bist du fertig?» fragte sie.
«Ja», brummte er. «Fix und fertig.»
Sie lachte und begann zu lesen: «Ich möchte Zahnarzt werden. Ich möchte eine große Praxis haben ...»
«Na bitte!» sagte sie erleichtert. «Endlich mal keine Vampire!»

Gruft Bohnsack

Am Samstagnachmittag fragte Anton seinen Vater: «Kannst du mir helfen? Ich möchte in meinem Zimmer etwas bauen.»
«Bauen? Was denn?»
«Eine Höhle. Und dazu muß ich mein Bett umdrehen.»
«Das wird aber eine große Höhle», meinte Antons Vater und lachte.
«Und Wolldecken brauche ich auch noch», sagte Anton.
«Am besten schwarze, damit es schön dunkel wird.»
«Schwarze Wolldecken haben wir nicht», antwortete seine Mutter. «Aber ich habe alten schwarzen Stoff im Schrank.»
«O ja!» sagte Anton begeistert.
Wenn seine Eltern wüßten, wobei sie ihm helfen sollten: für den «Tanz der Vampire», der heute abend um Viertel nach acht im Fernsehen lief, wollte er sein Zimmer in eine Gruft verwandeln! Aber das würde er ihnen erst nachher verraten – kurz bevor sie ins Kino gingen! Und bis dahin hatte er noch reichlich zu tun ...

Um halb acht klopfte es an Antons Zimmertür. «Anton?» rief seine Mutter. «Wir wollen losgehen.

Dürfen wir uns jetzt deine Höhle angucken?»
«Ja. Kommt rein!» rief Anton fröhlich und setzte sich auf seinen Schreibtisch, den er in einen Sarg verwandelt hatte – mit schwarzem Stoff und einem Kreuz aus Pappe, das er mit Alufolie umwickelt hatte.
Neugierig und erwartungsvoll kamen seine Eltern ins Zimmer – – und blieben wie vom Donner gerührt stehen. Auf diesen Anblick waren sie nicht vorbereitet!
«Gruft Bohnsack» lasen sie in blutroten Buchstaben auf einem Schild, das unter der Decke am Lampenkabel befestigt war.
An den Wänden hingen überlebensgroße, von Anton gemalte Vampirköpfe. Von den Möbeln war nichts mehr zu sehen – Anton hatte alles mit schwarzem Stoff verhängt. Am gruseligsten jedoch war sein umgedrehtes Bett: unter dem schwarzen Tuch, das Anton über die vier Füße gespannt hatte, sah man jemanden liegen, reglos wie eine Leiche ...
Antons Mutter schrie auf. «Wer liegt da?»
Er grinste. «Niemand. Nur meine Bettdecke.»
«Hast du mir einen Schrecken eingejagt!»
«Tatsächlich?» sagte Anton stolz auf die Wirkung, die er mit seiner Decke erzielt hatte. «Paß mal auf, wenn ich erst das Licht ausmache ...»
Schnell schaltete er die Taschenlampe ein und legte sie neben die «Leiche». Dann drückte er auf den

Gruft

Lichtschalter. Jetzt sah man nur noch den schwachen Schein der Taschenlampe durch den schwarzen Stoff hindurchschimmern – – und das war so gruselig, daß selbst Anton eine Gänsehaut bekam.
«Iih! Ist das scheußlich!» rief seine Mutter.
«Nicht wahr?» sagte Anton zufrieden.
«Nur – etwas paßt nicht zur Gruft!» bemerkte sein Vater.
«Und was?»
«Der Fernseher!»
Natürlich hatte Anton seinen Fernseher nicht mit einem schwarzen Tuch verhängt – wozu auch, da er ihn gleich einschalten wollte.
«Oder glaubst du, Vampire hätten Stromanschluß in ihrer Gruft?» fragte der Vater und grinste.
Anton ärgerte sich über den besserwisserischen Ton. Schnippisch sagte er: «Wieso? Brauchen sie doch gar nicht. Es könnte ja ein Fernseher mit Batteriebetrieb sein.»
Sein Vater lachte. «Eine köstliche Vorstellung: Vampire, die sich die Tagesschau angucken!»
«Warum nicht?» sagte Anton. «So viel Blut, wie da jeden Abend fließt ...»
«Ich weiß, warum Anton den Fernseher nicht zugedeckt hat», sagte da Antons Mutter. «Wahrscheinlich gibt es wieder einen dieser fürchterlichen Gruselfilme.»
Anton mußte grinsen. «Stimmt! Heute abend läuft ‹Tanz der Vampire›, mein Lieblingsfilm.»

«Und wann?» fragte sie argwöhnisch.
«Um Viertel nach acht», antwortete Anton vergnügt.
«So früh?»
«Ja. Guckt ihn doch mit mir an. Der Film ist ganz toll.»
«Nein danke», sagte sie und machte ein Gesicht, als hätte sie in eine Zitrone gebissen. «Wir gehen lieber ins Kino und sehen einen wertvollen Film.»
«Noch wertvoller?» bemerkte Anton und grinste wie ein Honigkuchenpferd.
Seine Mutter wandte sich verärgert ab und ging hinaus.
«Und nimm dich in acht, daß du nicht gebissen wirst!» meinte Antons Vater zum Abschied.
«Gebissen? Von wem?» fragte Anton.
«Von den Vampiren!»

«Tanz der Vampire»

Anton wollte gerade den Fernseher einschalten, als er ein merkwürdiges Geräusch am Fenster hörte. Es klang, als wäre ein großer Vogel dagegengeflogen.
Er schob den Vorhang zur Seite und blickte in das

kleine, schneeweiße Gesicht eines Vampirs, den er nie zuvor gesehen hatte.
Es mußte ein Vampirmädchen sein, denn es hatte eine rote Schleife im Haar.
Ob das – – Olga war?
Jetzt machte es ihm Zeichen, sein Fenster zu öffnen ... Mit zitternden Händen gehorchte Anton, und das Vampirmädchen kletterte ins Zimmer.
«Bist du Anton?»
Es hatte eine kräftige, heisere Stimme und war fast so groß wie Anton.
«J-ja», stotterte er.
«Ich bin Olga Fräulein von Seifenschwein», erklärte sie.
«Und hier wohnst du also ...»
Während sie sich neugierig umguckte, musterte Anton sie. Für einen Vampir sah sie recht gut aus: mit kleinen Sommersprossen auf ihrer Stupsnase, großen blauen Augen und sorgfältig gebürsteten Haaren. Nur ihr starker Modergeruch störte ein wenig.
Olga hatte seinen Blick bemerkt.
«Magst du mich?» rief sie.
Anton lief dunkelrot an. «Ja –»
Sie lächelte selbstzufrieden. «Das dachte ich mir. Dein Zimmer gefällt mir», sagte sie. «In unserer Gruft zu Hause waren die Wände auch mit Bildern behängt.»
Sie zeigte auf die gemalten Vampirköpfe.

«Sind die von dir?»
«Ja», nickte Anton.
«Möchtest du mich auch malen?» fragte sie eifrig und stellte sich in einer gekünstelten Haltung vor Anton hin. «In meiner Heimat, in Transsylvanien, bin ich oft gemalt worden!»
«Ich – ich weiß im Moment gar nicht, wo meine Stifte sind», murmelte er.
Olgas Gesicht nahm einen verärgerten Ausdruck an. Das süßliche Lächeln verschwand, und Anton sah ihre spitzen Vampirzähne.
«Ich kann sie aber suchen, wenn du willst», sagte er hastig.
«Nein!» antwortete sie scharf. «Jetzt habe ich keine Lust mehr, gemalt zu werden.»
Damit drehte sie sich um und ging ans Fenster.
«W-warte!» rief Anton.
Sie blieb stehen und sah ihn erwartungsvoll an: «Ja?»
«Weiß Tante Dorothee, daß du hier bist?»
«Nein. Die sitzt in der Gruft und stopft.»
«Und wie hast du mein Fenster gefunden?»
Sie lachte heiser.
«Ganz einfach. Ich habe Rüdiger gebeten, es mir zu zeigen. Zuerst wollte er nicht – aber da er mir keinen Wunsch abschlagen kann, hat er es schließlich doch getan.»
«Er hatte übrigens recht», ergänzte sie. «Du bist wirklich nett. Bestimmt werden wir noch

Freunde! Aber jetzt muß ich fliegen – Rüdiger wartet im Kastanienbaum auf mich.»
Sie lächelte ihm zu und stieg aufs Fensterbrett. Dort breitete sie die Arme aus – – und ließ sie überrascht wieder sinken. «Du? Hier?» rief sie.
Anton durchfuhr ein eisiger Schreck: wenn nun Tante Dorothee vor seinem geöffneten Fenster saß!
Aber es war nicht Tante Dorothee ...
«Ja, ich bin es!» hörte er Anna antworten. «Und ich habe alles gehört!»
Ihre Stimme klang unheilvoll. Doch Olga ließ sich davon nicht beeindrucken.
«Na und?» sagte sie nur. «Es ist ja wohl nicht verboten, Anton zu sagen, daß er nett ist! – vor allem, wenn es der Wahrheit entspricht», fügte sie hinzu, und ohne Anna eines weiteren Wortes zu würdigen, flog sie davon.
Wutentbrannt kam Anna ins Zimmer.
«Hat sie es jetzt auch bei dir geschafft?»
«Wie meinst du das: geschafft?»
«Dich einzuwickeln!» rief sie. «Und wie ich sehe, ist Olga sehr erfolgreich gewesen: sogar dein Zimmer hast du für sie umgeräumt!»
Anton traute seinen eigenen Ohren nicht. «Für Olga? Aber –»
Anna ließ ihn nicht ausreden: «Du brauchst mir nichts zu erklären. Ich habe versanden! – Leb wohl.»

Und bevor Anton etwas entgegnen konnte, war sie verschwunden.
Wie versteinert stand er da und wußte nicht, was er denken sollte. Erst der unerwartete Besuch von Olga – dann das Zusammentreffen mit Anna – ihre grundlose Eifersucht – und schließlich der Abschied, als würden sie sich nie wiedersehen ... Er schloß das Fenster und schaltete den Fernseher ein. Ein dicker, schwitzender Mann sang: «Ich bin ja so einsam.» Genauso fühlte sich Anton: allein in einer Gruft, die keine war, mit Eltern, die sich im Kino amüsierten, einem Freund, der nichts mehr von ihm wissen wollte, und einer Freundin, die gerade Schluß gemacht hatte ...
Plötzlich haßte er den schwarzen Stoff, der überall hing, die gruseligen Vampirfetzen, das silberne Pappkreuz, und wie ein Wilder machte er sich daran, alles wieder herunterzureißen.
Als er damit fertig war, fühlte er sich besser. Er setzte sich und sah zum Fernseher. Gerade tanzte eine Trachtengruppe – und da fiel ihm der «Tanz der Vampire» ein, den er im Durcheinander ganz vergessen hatte.
Hastig schaltete er um. Er sah, wie der Wirt aus der Dorfschenke seinen Sarg in Draculas Schloß schaffte. Aber seltsam – der Nervenkitzel, den er sonst bei Vampirfilmen spürte, wollte sich diesmal nicht einstellen. Immer wieder mußte er an Anna denken.

Seine schlechte Stimmung hielt auch am nächsten Morgen noch an.
«Der ‹Tanz der Vampire› war wohl ein bißchen zuviel für dich», meinte Antons Vaters neckend. «Du siehst noch ganz mitgenommen aus.»
Gegen seinen Willen mußte Anton grinsen.
«Das stimmt. Der Tanz, den ich mit den Vampiren hatte, war wirklich zuviel für mich.»
Natürlich verstanden seine Eltern die Anspielung nicht und sahen ihn nur befremdet an.
Antons Mutter schenkte Kaffee nach.
«Über eins freue ich mich!» sagte sie dann.
«Und das wäre?» fragte Anton.
«Über dein Zimmer. Gott sei Dank ist diese abscheuliche Gruft wieder verschwunden.»
«Nicht nur die Gruft ...» sagte Anton und seufzte.

Briefträger

Die Woche verging, ohne daß Anton etwas von Anna oder Rüdiger hörte.
Am Samstagabend saß er in seinem Zimmer, blätterte in seinen Gruselbüchern – und wartete.
Doch niemand klopfte ans Fenster.
Er mußte etwas unternehmen – aber was? Wenn

Anna ein normales Mädchen wäre, könnte er ihr auf dem Schulhof einen Brief zustecken – oder sie anrufen – oder einfach bei ihr klingeln.
Aber so ...
Und wenn er in der Nähe der Gruft eine Nachricht für sie versteckte?
Ihm fielen die beiden Vampire aus Ton ein, die er im Töpferkurs gemacht hatte. Die waren innen hohl – er könnte also einen Zettel für Anna hineinlegen.
Ja, die Idee war gut! Er nahm eine Tonfigur aus dem Regal. Dann schrieb er auf ein Blatt:

Liebe Anna,
ich muß mit Dir reden. Die Sache mit Olga tut mir leid, ehrlich.
Anton

Morgen nachmittag würde er auf den Friedhof gehen und die Figur an einem günstigen Platz aufstellen!

Der nächste Tag war grau und kalt – gut für Anton, denn bei solchem Wetter würden nicht viele unterwegs sein. Gleich nach dem Mittagessen fuhr er auf seinem Fahrrad los. Die Vampirfigur mit dem Brief hatte er unter seiner Jacke.
Er fuhr zum Haupteingang und schloß sein Rad an. Dann öffnete er die Pforte. Menschenleer lag

der Friedhof vor ihm, wie ein großer, friedlicher Garten.
Man spürte förmlich die hegende, pflegende Hand des Friedhofwärters – und die seines Gärtners. Schaudernd dachte Anton daran, daß Geiermeier Verstärkung bekommen hatte.
Er sah sich ängstlich um, aber die beiden waren nicht zu entdecken. Wahrscheinlich machten sie ihren Mittagsschlaf, drüben in Geiermeiers Haus, das versteckt hinter hohen Büschen lag. Anton konnte nur das rote Dach erkennen und den Schornstein, aus dem ein dünner Rauch aufstieg. Vielleicht saßen sie auch vor dem Kamin und schnitzten an ihren Holzpflöcken – –
Anton beschleunigte seine Schritte. Er kam an einer frisch ausgehobenen Grube vorbei. Bestimmt sollte dort jemand beerdigt werden – wie gruselig!
Gleich daneben lag ein Grab, das über und über mit Blumen bedeckt war. Ruhe in Frieden! las Anton auf einer schwarzen, mit Goldbuchstaben bedruckten Schleife.
Brr! Frische Gräber jagten ihm immer einen Schrecken ein! Schnell lief er weiter und war froh, als er endlich den hinteren Teil des Friedhofs erreicht hatte.
Mit Herzklopfen betrachtete er die hohe Tanne. Niemand würde erraten, daß sich darunter das Einstiegsloch befand!

Nicht einmal Geiermeier wußte davon, der in jeder freien Minute den Vampiren hinterherschnüffelte.
Er suchte noch immer nach einzelnen Vampirgräbern – dabei hatten die von Schlottersteins ihre Särge längst in eine gemeinsame Gruft gebracht.
Jetzt deuteten nur noch die herzförmigen Grab-

steine, die hier irgendwo im Gras liegen mußten, darauf hin, daß es an diesem Ort einmal Vampirgräber gegeben hatte.
Langsam streifte Anton durch das kniehohe Gras und hielt Ausschau nach den Grabsteinen.
Nach einer Weile stieß er mit dem Fuß gegen einen verwitterten, herzförmigen Stein.
Mühsam entzifferte er die Inschrift:

Dorothee von Schlotterstein – Seifenschwein
1807–1851

Anton schluckte: ausgerechnet Tante Dorothee!
Rasch ging er weiter.
Er fand noch die Grabsteine von Annas Eltern, ihren Großeltern und ihrem Onkel. Nur die der Vampirkinder entdeckte er nicht. Dann stimmte es doch, daß sie keine Grabsteine bekommen hatten? Schon einmal hatte Anton vergeblich danach gesucht.
Plötzlich fiel sein Blick auf eine kleine rechteckige Platte. Er hob sie auf und erkannte einen Schriftzug. Aufgeregt begann er, die dicke Moosschicht abzukratzen. Seine Mühe wurde belohnt:

Anna von Schlotterstein
1842 –

las er – und darunter:

Wir warten auf dich,
immer und ewig.

Also doch! dachte Anton befriedigt. Anna hatte zwar keinen so vornehmen Stein wie ihre Verwandten – aber immerhin hatte jemand an sie gedacht!

«Wir warten auf dich» – wer mochte damit gemeint sein? Ihre Eltern? Vermutlich waren sie vor Anna gestorben, so daß sie nur ihr Geburtsjahr angeben konnten, nicht aber ihr Todesjahr.

Er vergewisserte sich noch einmal, daß ihn niemand beobachtete. Dann stellte er Annas Stein gegen den herzförmigen Grabstein ihrer Mutter und versteckte die Tonfigur dahinter.

Aufatmend betrachtete er sein Werk. Die anderen Vampire würden die Veränderung bestimmt nicht bemerken – nur Anna müßte es auffallen, daß jemand ihren kleinen rechteckigen Stein aufrecht hingestellt hatte.

Sicherlich würde sie neugierig werden und nachgucken, und dabei würde sie seinen Brief entdekken ...

Gut gemacht! lobte Anton sich selbst, und vergnügt ging er zum Ausgang zurück.

Geiermeiers Haus

Als er das rote Dach von Geiermeiers Haus sah, reizte es ihn plötzlich, einen Blick auf das Pappschild zu werfen, von dem Anna erzählt hatte. Ob da wirklich «Schnuppermaul» stand?

Er verließ den Hauptweg und bog in einen schmalen Seitenweg ein. Während er sich im Schutz der hohen Hecken langsam dem Haus näherte, spürte er ein angenehmes Kribbeln im Bauch.

Eigentlich konnte ihm nichts passieren, denn die verräterische Tonfigur hatte er versteckt, und auf dem Friedhof spazierenzugehen war ja nicht verboten!

Nach einer Weile machte der Weg eine Biegung – und unvermittelt stand Anton vor Geiermeiers Gartentor.

Verblüfft starrte er zum Haus hinüber. Es war ganz anders, als er es sich vorgestellt hatte.

Er hatte gedacht, Friedhofswärter müßten in halbverfallenen, düsteren Gemäuern wohnen, deren Anblick genügte, einem das Blut in den Adern gefrieren zu lassen. Geiermeiers Haus dagegen sah fast einladend aus: es war aus roten Backsteinen gebaut, hatte grüne Fensterläden, und neben der Tür blühte ein Rosenstrauch.

Ein Schild konnte Anton allerdings nicht entdecken – nur ein kleines Guckfenster war in der Tür.

Und hinter diesem Guckfenster ... bewegte sich etwas!
Da ging auch schon die Tür auf, und ein dünner, hochaufgeschossener Mann mit einem Mülleimer in der Hand trat heraus.
Anton konnte sich gerade noch rechtzeitig hinter einem dicken Busch in Sicherheit bringen. Von dort aus beobachtete er, wie der Mann den Gartenweg herunterkam.
Nur wenige Schritte von Anton entfernt klappte er den Deckel einer Mülltonne hoch und schüttete den Inhalt seines Eimers hinein.
Er schien nicht den leisesten Verdacht zu haben, daß ihm jemand zusah, denn er machte ein völlig argloses Gesicht und summte vor sich hin.
So also sieht Schnuppermaul aus! dachte Anton und kam sich vor wie ein Detektiv.
Schnuppermaul hatte strohgelbes Haar, eine große gebogene Nase und einen spärlichen blonden Oberlippenbart. Seine Augen waren gerötet – wie bei einem Kaninchen.
Ungewöhnlich waren seine Hände: riesengroß und mit langen, sorgsam gepflegten Fingernägeln.
Glücklicherweise ging Schnuppermaul jetzt zum Haus zurück. Durch die Tür, die noch offenstand, konnte Anton einen Blick in den Vorraum werfen.
Was er dort sah, ließ ihm den Atem stocken: in einem Korb standen lange, spitze Holzpflöcke griffbereit.

Und an der Wand hing ein großes Kruzifix, um das ein Zopf von Knoblauchknollen gelegt war.
Brr! Anton schüttelte sich.
Gebückt lief er ein paar Schritte, dann richtete er sich auf und rannte zum Ausgang.

Besuch um Mitternacht

In dieser Nacht träumte Anton von einem Brief, den er in einem alten Haus abgeben sollte. Er klingelte an der Vordertür, doch niemand öffnete. Da lief er ums Haus herum und klopfte an alle Fenster. Er klopfte und klopfte ...
Plötzlich schreckte Anton hoch. Das heftige Pochen, das er hörte, war nicht in seinem Traum – – jemand pochte an sein Fenster.
Das mußte Anna sein!
Er sprang aus dem Bett, schob die Vorhänge zur Seite und riß das Fenster auf. Doch es war nicht Anna, die draußen saß: mit einem verlegenen Lächeln hockte der kleine Vampir auf dem Fenstersims.
«Hallo, Anton», sagte er mit schnarrender Stimme.
«Rüdiger?» stotterte Anton.

«Nette Überraschung, wie?» meinte der kleine Vampir und kam ins Zimmer.

Anton schaltete seine Schreibtischlampe ein.

«Ich – hab schon geschlafen», murmelte er.

«Man sieht's», sagte der Vampir und deutete auf Antons zerwühltes Bett. «Aber keine Sorge, du kannst gleich weiterschlafen – wenn wir die Sache mit der transsylvanischen Nacht besprochen haben.»

«Mit der – was?»

«Wir wollen am Samstag ein Fest feiern. Sind deine Eltern da?»

«Meine Eltern?» Anton guckte auf seinen Wecker. Es war kurz nach Mitternacht. «Ja. Aber bestimmt schlafen sie.»

Der Vampir schnaubte ungeduldig.

«Doch nicht jetzt – am Samstag, wenn wir unsere transsylvanische Nacht feiern!»

«Ich glaube, sie wollen ins Kino gehen.»

«Na prima.» Der Vampir rieb sich vergnügt die Hände. «Habt ihr Eier?»

«Eier?» fragte Anton verwundert. «Ja –»

«Dann ist ja alles klar für Samstag!»

«Aber – ich weiß überhaupt nicht, was eine transsylvanische Nacht ist.»

Der Vampir grinste freundlich. «Das wirst du früh genug erfahren.»

«Und wo gefeiert werden soll, weiß ich auch nicht.»

«Wirklich nicht?»
«Nein.»
Der Vampir lachte breit, so daß Anton seine spitzen Eckzähne sehen konnte: «Bei dir!»
«Was?» Anton schnappte nach Luft.
«Es ist wegen Olga», erklärte der Vampir. «Sie hat schreckliches Heimweh nach Transsylvanien.»
«Und was hab ich damit zu tun?»
«Olga hat erzählt, dein Zimmer sah aus wie Gruft Seifenschwein.»
«Ach ja», fiel Anton ein. «Ich hatte es umgeräumt. Aber das war eine fürchterliche Arbeit!»
«Für Olga kannst du es ruhig noch mal machen», meinte der Vampir, und mit bewegter Stimme fügte er hinzu: «Die Arme. Sie liegt jeden Abend im Sarg und weint.» Er wischte sich die Augen und stieg aufs Fensterbrett. «Dann bis Samstag, Anton», sagte er.
«Warte!» rief Anton.
«Was ist denn noch?»
«Kommt Anna auch?»
«Ja. Falls ihre Schramme bis dahin verheilt ist.»
«Ist sie verletzt?» fragte Anton erschrocken.
Der kleine Vampir kicherte. «Der Besuch bei dir am letzten Samstag muß sie sehr aufgeregt haben. Jedenfalls flog sie anschließend gegen einen Ast und zog sich eine lange Schramme im Gesicht zu. Und eitel wie sie ist, will sie damit nicht unter Menschen gehen.»

«Ach, deshalb», sagte Anton.
Dann war sie ihm vielleicht gar nicht mehr böse und hatte ihn nur wegen ihrer Schramme nicht besucht? Als er wieder im Bett lag, war er viel zu aufgeregt, um gleich einzuschlafen. Wer wußte, was eine transsylvanische Nacht mit sich bringen würde – – und dann vielleicht noch mit Anna ...

Party-Vorbereitungen

Beim Mittagessen am nächsten Tag versuchte Anton herauszukriegen, was seine Mutter über Parties dachte. Betont beiläufig sagte er: «Übrigens, Sebastian hat am Freitag eine Party gefeiert.»
«So?» meinte sie nur und wickelte sich Spaghettis um die Gabel.
«Ja. Und es war ganz toll, hat er gesagt.»
«Aha.»
«Würdet ihr mir das auch erlauben?»
«Was?»
«Eine Party zu feiern.»
«Das muß ich mit Vati besprechen.»
«Aber ihr möchtet doch immer, daß ich Freunde finde. Und durch eine Party findet man leicht Freunde, hat Sebastian gesagt.»

«Welche Kinder möchtest du denn einladen?»
«Ole, Sebastian –»
«Keine Mädchen?»
«Doch. Anna, Olga –»
«Olga – den Namen habe ich noch nie gehört. Ist die neu in deiner Klasse?»
«Ziemlich. Sie … sie kommt aus dem Ausland.»
«Und woher?»
«Aus Trans-» Anton biß sich auf die Lippen. «Aus Rumänien.» Rumänien klang viel unverfänglicher!
«Wie ich dich kenne, hast du auch schon einen bestimmten Tag im Auge!»
«Samstag», sagte Anton verlegen. «Falls ihr damit einverstanden seid.»
«Mal sehen, was Vati sagt.»
«Vati hat sicher nichts dagegen», meinte Anton.
Und so war es auch. Am Abend witzelte sein Vater zwar: «Ach, Romeo plant ein Fest für seine Julia.» Doch er gab Anton zehn Mark. «Damit ihr euch Brause und Knabberzeug kaufen könnt!»
Anton hatte Mühe, nicht zu lachen: Auf Knabberzeug und Brause legten die Vampire garantiert keinen Wert. Höchstens Ole und Sebastian, aber die wollte er überhaupt nicht einladen.
Trotzdem besorgte Anton am Samstagmorgen fünf Flaschen Johannisbeersaft – der war schön rot! – und zwei Tüten mit Erdnüssen und Salzstangen. Schließlich durften seine Eltern keinen Verdacht schöpfen.

Dann überlegte er, ob er sein Zimmer wieder in eine Gruft verwandeln sollte. Lust dazu hatte er ... Aber er wollte nicht, daß Anna oder Rüdiger denken könnten, er tanze nach Olgas Pfeife, und so befestigte er nur die Vampirbilder an der Wand. Damit war seine Mutter allerdings nicht zufrieden.
«Ein bißchen festlicher könntest du dein Zimmer schon herrichten!» sagte sie tadelnd.
Anton grinste. «So wie vor zwei Wochen – mit der Leiche?»
«Um Himmels willen, nein!» sagte sie entrüstet. «Aber du kannst doch die Girlanden nehmen, die wir im Keller haben.»
«Die alten Dinger?»
«Oder du hängst Luftballons auf.»
«Hast du denn welche?» fragte er abwehrend.
«Ja. Im Küchenschrank.»
«Ach, ich weiß nicht –» Es paßte ihm überhaupt nicht, daß sie sich in seine Party-Vorbereitungen einmischen wollte!
Deshalb sagte er: «Heutzutage feiert man Parties völlig anders. Aber davon hast du anscheinend keine Ahnung!»
Wie er erwartet hatte, kniff sie verärgert die Lippen zusammen und ging zur Tür.
«Ich wollte nur dein Bestes!» sagte sie und schlug die Tür hinter sich zu.
«Mein Bestes?» grinste Anton. «Wer will das nicht!»

Auf zur transsylvanischen Nacht

Endlich um halb acht verabschiedeten sich seine Eltern.

Vom Küchenfenster aus beobachtete Anton, wie sie ins Auto stiegen und losfuhren.

«Ein Glück», seufzte er. Bis zuletzt hatte er befürchtet, sie könnten es sich noch anders überlegen und aus Neugier zu Hause bleiben.

Er nahm eine Flasche Saft aus dem Kühlschrank und ging in sein Zimmer.

Vorsorglich öffnete er das Fenster – und blickte in das Gesicht des kleinen Vampirs.

«Grüß dich, Anton», sagte der Vampir und sprang vom Fensterbrett herunter. Er war offensichtlich allerbester Laune, denn er streckte Anton seine knochige Hand entgegen und krächzte: «Wie geht's?»

«G-gut», stotterte Anton – verblüfft über so viel Freundlichkeit.

«Auf zur transsylvanischen Nacht», rief der Vampir und drehte sich zum Fenster um. «Du kannst kommen!»

Olga erschien – mit einer großen gelben Schleife im Haar, die affig hin und her wippte.

«Hallo, Anton», lispelte sie und ließ sich von Rüdiger beim Hereinklettern helfen. Und als hätte sie zusammen mit dem kleinen Vampir einen Lehr-

gang für gutes Benehmen gemacht, fragte sie ebenfalls: «Wie geht es dir?»
«Gut», antwortete er – noch mehr überrascht.
Das konnte ja eine lustige Nacht werden ...
Doch jetzt veränderte sich Olgas freundliche Miene.
«Was ist mit deinem Zimmer passiert?» rief sie. «Das sieht ja abscheulich aus!»
Anton grinste. «Findest du?»
«Ja! Wo ist der Sarg? Wo sind die schwarzen Tücher? Brr, so eine spießige, langweilige Bude!»
Heimlich freute sich Anton über ihre Empörung, aber das durfte er natürlich nicht zeigen.
«So sehen Kinderzimmer eben aus», tat er arglos.
«Überhaupt nicht!» widersprach sie heftig. «Beim letztenmal war es ganz anders – wie meine geliebte Gruft Seifenschwein», fügte sie hinzu und verzog die Mundwinkel, als würde sie gleich anfangen zu weinen.
Das rief den kleinen Vampir auf den Plan.
«Jetzt ist Olga wieder traurig!» schimpfte er. «Und nur deinetwegen, weil du dein Zimmer nicht umgeräumt hast. Dabei hatte ich dir das ausdrücklich gesagt!»
«Laßt gefälligst Anton in Ruhe», sagte da eine helle Stimme vom Fenster her. Anton fuhr herum – und sah Anna auf dem Fensterbrett sitzen.
«Du?» murmelte er. «Ich dachte ...»
«... ich käme nicht mehr, stimmt's?» vollendete sie

seinen Satz. «Aber ich mußte kommen – schon wegen der da», sagte sie mit einem Kopfnicken in Olgas Richtung.
«Pah!» machte Olga und wandte sich verächtlich ab.
Anton entdeckte einen langen roten Strich auf Annas Wange – ihre Schramme.
«Das hat bestimmt weh getan», meinte er leise.
«Ein bißchen», antwortete sie ebenso leise und kam ins Zimmer.
«He, was tuschelt ihr da?» rief der kleine Vampir und fügte großspurig hinzu: «Wir wollen jetzt anfangen. Hast du Musik, Anton?»
«Er hat ein Radio», sagte Olga, die vor Antons Bücherregal stehengeblieben war. Kichernd begann sie an den Knöpfen zu drehen.
«Nicht, du machst es ja kaputt», rief Anton.
Olga trat beleidigt zur Seite.
«Bitte, dann mach es doch selbst. Spielverderber!»
Anton legte eine Kassette ein. Laute Popmusik erklang.
«Hast du nichts anderes?» fragte Olga mit verdrießlicher Miene.
«Was willst du denn hören?»
«Volksmusik», antwortete sie, und mit einer schnellen Bewegung streifte sie ihren Umhang ab. Darunter trug sie – – ein Dirndlkleid!
«Unsere Nationaltracht aus Transsylvanien», verkündete sie stolz.

Anton war sprachlos. Mit der Rüschenbluse, dem bestickten Mieder, den Goldknöpfen und dem weiten, knielangen Rock hätte sie im Fernsehen auftreten können – bei den «Lustigen Musikanten»! Allerdings waren die Sachen schon etwas angestaubt.
«Hübsch, nicht wahr?» sagte sie und drehte sich selbstgefällig im Kreis. «Eigentlich gehört noch eine Kappe dazu.»
«Eine Kappe?» meinte Anna spöttisch. «Aber dann würde man deine Schleife nicht sehen, und das wäre doch schade.»
«Du ärgerst dich nur, weil du in einem schäbigen Umhang herumlaufen mußt und nicht so ein schönes Kleid hast wie ich», erwiderte Olga. Mit einem Blick auf Anton fügte sie hinzu: «Und weil Anton gutgekleidete Vampirmädchen lieber mag als solche Aschenputtel wie dich.»
Anna stieß einen spitzen Schrei aus: «Du ...!»
Hastig sagte Anton: «Ich – äh – mag Vampirumhänge» und zwinkerte Anna zu.
«Tatsächlich?» sagte Olga. «Ja, wenn das so ist –» Sie grinste listig, und ebenso rasch wie sie ihn ausgezogen hatte, streifte sie ihren Vampirumhang wieder über.
«Im Kleid warst du aber hübscher», protestierte der kleine Vampir. «Außerdem wollte ich Anton gerade fragen, ob er mir seine Lederhose und den Tirolerhut leiht. Dann wären wir ein tolles Paar!»

Olga schüttelte den Kopf.
«Du hast doch gehört, daß Anton Vampirumhänge lieber mag. – Und er ist schließlich der Gastgeber», fügte sie mit einem zuckersüßen Lächeln hinzu.
«Man könnte denken, Anton sei dein Freund – und nicht ich», bemerkte der Vampir gekränkt.
Olga kicherte. «Ist er doch auch», antwortete sie und musterte Anna.
Doch Anna ließ sich diesmal nicht reizen.
«Da hat Anton wohl noch ein Wörtchen mitzureden», meinte sie gelassen. «Und ich glaube nicht, daß Anton eine Zimperliese wie dich zur Freundin haben will, die sich noch nicht mal ihre Nahrung selbst besorgen kann.»
«Zimperliese? Ich habe meinen schweren Sarg ganz allein von Transsylvanien hierher geschafft!»
«Deinen Klappsarg», sagte Anna, «den du dir auf den Rücken gebunden hattest.»
«Aber ich bin den ganzen Weg allein geflogen!»
«Genau!» rief der kleine Vampir. «Und jetzt läßt du Olga in Frieden, sonst kriegst du Ärger mit mir!»
«Ich finde, wir sollten mit dem Fest beginnen», warf Anton ein.
Olga lächelte huldvoll.
«Anton hat wie immer recht.»
Sie machte ein paar trippelnde Schritte. «Ich würde so gern tanzen!» sagte sie. «Aber bei der Musik ...»
«Stimmt. Die Musik ist abscheulich», pflichtete

ihr der kleine Vampir bei und herrschte Anton an: «Hast du nichts Vernünftiges?»
«Früher mochtest du die Kassette», erwiderte Anton. «Du hast mich sogar gefragt, welche Gruppe das spielt.»
«Ich?» staunte der Vampir.
Dann erklärte er schnell: «Na wenn schon. Ich habe eben einen besseren Musikgeschmack bekommen – – dank Olga!»
Anna lachte schnippisch. «Einen noch besseren?»
Der kleine Vampir zog es vor, ihre Bemerkung zu überhören. «Hast du keine Volkslieder?» wandte er sich an Anton. «Oder Marschmusik?»
«Ich könnte mal bei meinen Eltern gucken –»
«O ja!» rief Olga und klatschte freudig in die Hände.
«Bin gleich wieder da», sagte Anton.

Es tanzt ein Vi-Va-Vampirkind

Während er im Wohnzimmer die Schallplatten seiner Eltern durchsah, erschien Olga.
«Hast du sie gefunden?» fragte sie und sah sich mit unverhohlener Neugier um.
«Wen?»

«Die Volksmusik.»
Anton grinste und hielt eine Plattenhülle hoch. «Der Männergesangverein von Totenbüttel singt volkstümliche Weisen», las er vor.
Olga nickte anerkennend. «Deine Eltern verstehen etwas von guter Musik.» In diesem Augenblick trat der kleine Vampir ins Zimmer.
«Er hat eine ganz tolle Platte», rief Olga ihm zu. «Die Toten von Männerbüttel singen Volkslieder!»
«Das klingt gut», sagte der Vampir.
«Es sind zwar keine Toten», berichtigte Anton, «aber singen können sie auch nicht viel besser.»
«Spiel sie uns vor!» bettelte Olga.
«Ich hab noch eine lustigere Platte: Der Jägerchor von Klein-Oldenbüttel singt fröhliche Jagdlieder.»
Die Miene des kleinen Vampirs verfinsterte sich.
«Jäger? Und was jagen die?»
«Rebhühner –»
«Hühner? Pfui!» rief der Vampir.
«Wölfe –»
«Igitt!»
«Füchse –»
«Puh!»
«Kaninchen, Rehe –»
«Bestimmt jagen sie auch Vampire!» sagte der kleine Vampir haßerfüllt. «Weg mit der Platte, aber sofort!» Er riß sie Anton aus der Hand und hätte sie sicherlich zerbrochen – wäre nicht Anna dazwischengetreten.

Sie nahm ihm die Platte ab und gab sie Anton zurück. «Die gehört seinen Eltern», erklärte sie. «Und wir wollen doch nicht, daß Anton zu Hause Schwierigkeiten kriegt, oder?»
«Nein», sagte der Vampir kleinlaut.
«Ich weiß gar nicht, warum wir uns andauernd streiten», flötete Olga. «Es muß daran liegen, daß eine Person zuviel im Raum ist ...»
Dabei blickte sie Anna herausfordernd an.
Doch Anna ließ sich nicht aus der Ruhe bringen.
«Wie recht du hast», sagte sie nur und sah Olga fest in die Augen.
Anton stellte hastig den Jägerchor ins Regal zurück und zeigte den Vampiren eine andere Platte: «Hier, die haben meine Eltern auch in Klein-Oldenbüttel gekauft: Die Heiteren Dorfschwalben, unter der Leitung von Ernst-Albert Stöbermann.»
«Wie heißt der Mann?» fragte Olga belustigt. «Albern?»
«Ernst-Albert Stöbermann.»
«Stöbermann?» Unvermittelt stieß der Vampir ein lautes Gebrüll aus, rannte zur Tür und blieb dort zitternd stehen. «Das ist doch der Dorfarzt, der mich um ein Haar ...»
Mit schreckgeweiteten Augen starrte er auf die Plattenhülle, die Anton noch immer in der Hand hielt. «Das konnte ich nicht wissen», sagte Anton verlegen.
«Nicht wissen? Du warst sogar dabei!»

«Aber ich konnte doch nicht ahnen, daß Stöbermann der Chorleiter ist.»
«Stell die Platte weg!» jammerte der Vampir. «Mir wird schon übel, wenn ich sie nur sehe.»
«Nein! Ich will sie hören!» sagte Olga mit scharfer Stimme.
Der kleine Vampir sah sie verstört an. «Stöbermann hätte mich fast umgebracht –»
Sie zuckte mit den Schultern. «Und? Hat er es geschafft? Na also, dann brauchst du dich auch nicht aufzuregen.» Mit einem gewinnenden Lächeln wandte sie sich Anton zu. «Spiel sie – für mich!»
Anton zögerte. «Ich weiß nicht. Wenn Rüdiger so schlechte Erinnerungen hat ...»
«Gerade deshalb», sagte Olga. «Mein Vater, Blasius von Seifenschwein, hat immer gesagt: Man wächst am inneren Widerstand.»
«Woran?» erkundigte sich Anna.
«Am inneren Widerstand! Man muß stets die Sachen tun, die man am meisten haßt. Nachts alleine durch den Wald gehen zum Beispiel. Dadurch wird man stark und furchtlos.»
Anna machte ein mitleidiges Gesicht.
«Das hat dein Vater gesagt?»
«Allerdings!»
«Eine ganz schöne Seifenblase!»
«Wie nennst du ihn?» brauste Olga auf. «Dazu hast du kein Recht, auch wenn er Blasius von Seifenschwein heißt – äh – hieß!»

Anna lächelte hintergründig.
«Ich meinte doch nicht deinen Vater – sondern seine Erziehungsmethode.»
«Seine was?»
«Du mußt doch zugeben, daß seine Erziehung bei dir nicht viel Erfolg gehabt hat. Stark und furchtlos bist du jedenfalls nicht geworden.»
Diese Bemerkung mißfiel dem kleinen Vampir. «Hack nicht dauernd auf Olga herum!» schimpfte er.
«Danke», lispelte Olga und warf ihm eine Kußhand zu.
«Darf ich jetzt die Platte hören?»
Der Vampir schluckte. Dann sagte er mit deutlicher Selbstüberwindung: «Meinetwegen.»
«Du bist ein Schatz», trällerte sie, und mit Siegesmiene setzte sie sich aufs Sofa.
«Spiel, Anton!» sagte sie und schlug geziert die Beine übereinander.
«Tu, was sie sagt», meinte Anna ironisch. «Olgas Wunsch ist uns Befehl.»
Olga warf ihr einen giftigen Blick zu, sagte jedoch nichts.
«Ich spiele aber nur die erste Seite», erklärte Anton. «Meine Eltern haben mir nämlich verboten, im Wohnzimmer zu feiern. Auf keinen Fall dürft ihr irgendwas verändern!»
«Schon gut», antwortete Olga und rekelte sich auf dem Sofa.

«Ah, ist das gemütlich», schwärmte sie. «Weiche Polster statt harter Sargbretter.»
Inzwischen hatte Anton die Platte aufgelegt.
Kinderstimmen sangen: «Da kommt die liebe Sonne wieder, da kommt sie wieder her.»
Der kleine Vampir verzog schmerzlich sein Gesicht und krümmte sich, als hätte er Magenbeschwerden.
«Da kriegt man ja Kopfschmerzen», klagte Anna.
Nur Olga tat, als würde ihr das Lied gefallen. «Reizend, ganz reizend», sagte sie heuchlerisch.
Zum Glück für die Vampire war es nur ein kurzes Lied. Danach war ein gemischter Chor zu hören:
«Es tanzt ein Bi-Ba-Butzemann in unserm Kreis herum, bide-bum.»
«Ein Bi-Ba-Butzemann – wie niedlich!» rief Olga und klatschte in die Hände.
Auch Rüdigers düstere Miene hellte sich auf, und er summte leise die Melodie.
«Er rüttelt sich, er schüttelt sich, er wirft sein Säcklein hinter sich ...» sang der Chor.
«Komm, Rüdiger, wir tanzen», rief Olga und sprang vom Sofa auf.
«Tanzen?» sagte der Vampir verlegen und schielte zu Anton hinüber. «Vor den anderen?»
«Na los!» rief Olga ungeduldig und faßte seine Hände. Während sie tanzten, sang Olga lauthals mit – allerdings ihren eigenen Text:
«Es tanzt ein Vi-Va-Vampirkind in unserm Kreis

herum, vide-vam, es rüttelt sich, es schüttelt sich, es wirft den Umhang hinter sich ...»

Nach kurzer Zeit war Rüdiger dunkelrot im Gesicht.

«Aufhören!» stöhnte er.

«Nein, jetzt geht es erst richtig los», antwortete Olga lachend und tanzte nur noch wilder.

Bei der Zeile «es rüttelt sich, es schüttelt sich» stieß sie Rüdiger so heftig, daß er gegen die Stehlampe taumelte. Die Lampe fiel um, und es klirrte.

Bei Blut hört die Freundschaft auf

«Oh, nein!» schrie Anton. Er rannte hin und wollte sie aufheben – da stieß er mit Anna zusammen, die sich ebenfalls nach der Lampe bückte. Mit der Stirn schlug sie gegen seine Nase, die sofort zu bluten begann.
Hastig hielt er die Hand davor.
Anna sah ihn an und fuhr sich langsam mit der Zungenspitze über die Lippen. Schaudernd fiel Anton ein, daß sie ja auch – Vampirzähne bekommen hatte!
Doch dann wechselte der Ausdruck ihrer Augen. Nun war ihr Blick nur noch besorgt, teilnahmsvoll.
Erleichtert fragte er: «Hast du ein Taschentuch?»
Sie nickte und zog einen großen weißen Lappen unter ihrem Umhang hervor. Er stank erbärmlich, als Anton ihn auf die Nase preßte – doch das Nasenbluten ließ nach.
«Hast du Schmerzen?» fragte sie mitfühlend.
«Nein.» Er spähte zu den beiden anderen Vampiren hinüber. Olga versuchte noch immer, Rüdiger zum Tanzen zu bringen. Wie eine große Puppe hing er in ihren Armen und ließ sich hin und her schieben.
«Ach, es macht überhaupt keinen Spaß mir dir!» rief sie jetzt wütend und gab Rüdiger einen Stoß.

Er landete auf dem Sofa. «Und die Musik ist auch lahm», schimpfte sie und schaltete den Plattenspieler aus.
«Wie riecht es hier?» fragte sie auf einmal. Argwöhnisch blickte sie in die Richtung von Anna und Anton. «So süßlich ...»
Nun wurde auch Rüdiger aufmerksam. Er hob den Kopf, schnupperte. Ein verzücktes Lächeln erschien auf seinem Gesicht.
«Es duftet nach Blut!»
Anton drückte das Tuch noch fester auf seine Nase.
«Blut? Wie kommt ihr denn darauf?» sagte er.
«Was ist mit deiner Nase?» fragte Olga schneidend.
«Mit meiner Nase?» Anton überlegte fieberhaft, was er ihr antworten konnte. «Ich hab Schnupfen – Heuschnupfen!»
Eine steile Falte bildete sich auf Olgas Stirn. Ungläubig sagte sie: «So plötzlich?»
«Ja», nickte Anton. «Das machen die Blütenpollen, die kommen angeflogen, wenn man sie am wenigsten erwartet.»
«Durch das geschlossene Fenster?»
«Nein. Sie bleiben an der Kleidung hängen. Und wenn man sich zu stark bewegt –» hier mußte Anton grinsen, weil er an Olgas wildes Tanzen dachte – «fallen sie heraus.»
Olga und Rüdiger wechselten einen Blick.

Dann rief der kleine Vampir: «Soll ich dir mal sagen, was ich glaube? Du hast gar keinen Heuschnupfen, du hast Nasenbluten!» Beim letzten Wort bekam seine Stimme einen heiseren Klang.
Anton versuchte zu lachen. «Was du dir so ausdenkst!» Er lockerte den Druck des Taschentuchs und wartete –
Das Nasenbluten hatte aufgehört!
Übermütig rief er: «Achtung, jetzt werde ich euch zeigen, daß ich wirklich Heuschnupfen habe!»
Zum Beweis nieste er ziemlich laut und kräftig – und spürte voller Entsetzen, wie seine Nase wieder zu bluten anfing.
Und diesmal hatten es alle drei Vampire gesehen!
Gebannt blickten sie auf das dunkelrote Blut, das aus Antons Nase floß. Wie Raubkatzen, die sich auf ihre Beute stürzen wollen! dachte Anton. Er fühlte, wie ihm schwindlig wurde.
«Hat vielleicht jemand noch ein Taschentuch?» fragte er und sah Anna hilfesuchend an.
Beim Klang seiner Stimme schien sie aus ihrer Erstarrung aufzuwachen. Verwirrt suchte sie unter ihrem Umhang und zog ein zweites, kleineres Tuch hervor. Sie wollte es Anton geben, doch Rüdiger riß es ihr aus der Hand.
«Bist du wahnsinnig geworden?» schrie er. «Das gute Blut!» – «Kein Tropfen davon darf vergeudet werden!» ergänzte Olga, und mit einem gierigen Lächeln ging sie auf Anton zu.

Da stellte sich Anna schützend vor Anton.
«Ich glaube, *ihr* seid wahnsinnig geworden», rief sie. «Habt ihr vergessen, daß Anton unser Freund ist?»
«Freund?» keifte Olga. «Wenn es um Blut geht, hört bei mir die Freundschaft auf.»
Sie packte Anna am Arm. «Du gönnst mir wohl die kleine Erfrischung nicht – willst alles für dich haben, wie?» rief sie gehässig. «Aber das werde ich verhindern. Anton gehört mir – nur mir.»
Damit stieß sie Anna zur Seite und trat mit weit geöffnetem Mund auf Anton zu.
Doch dann blieb sie ungläubig stehen.
«Wo ist das Blut?» fragte sie.
Anton befühlte seine Nase und stellte verwundert fest, daß sie nicht mehr blutete. Ihm fiel ein, was er früher einmal gelesen hatte: Das beste Mittel gegen Nasenbluten ist ein heftiger Schreck. Bei ihm hatte sich dieser Spruch jedenfalls bewahrheitet, denn beim Anblick von Olgas Vampirzähnen war ihm fast das Herz stehengeblieben. Und dieser Schock hatte bewirkt, daß das Nasenbluten zum Stillstand gekommen war.
«Welches Blut?» sagte er fröhlich. «Ich hatte euch doch gesagt, daß ich Heuschnupfen habe.»
Mit diesen Worten erhob er sich und ging ins Badezimmer, wo er sich die verräterischen Blutspuren an der Nase abwusch.

Hoch die Tassen!

Als er ins Wohnzimmer zurückkam, erblickte er ein fürchterliches Durcheinander: Alle Schranktüren standen offen, und der Teppich war mit Konfetti übersät. Mittendrin hüpften Olga und Rüdiger auf dem neuen Sofa seiner Eltern herum, als wäre es ein Trampolin.

«Ihr habt wohl nicht alle Tassen im Schrank!» schrie Anton.

«Tassen?» kicherte Olga. «Hoch die Tassen!»

Damit pustete sie Anton eine Luftschlange ins Gesicht. Der kleine Vampir ließ quietschend die Luft aus einem roten Ballon entweichen.

«Meine Eltern werden mir nie mehr erlauben, eine Party zu feiern!» rief Anton.

«Wieso nicht?» tat Olga ahnungslos.

«Sie hatten mir verboten, im Wohnzimmer zu feiern!»

Olga riß eine neue Tüte mit Konfetti auf und verstreute den Inhalt über das Sofa.

«Tatsächlich? Das verstehe ich nicht. Bei uns in Transsylvanien feierten wir immer im schönsten und größten Raum des Schlosses.»

«Und wenn meine Eltern jetzt kommen?»

«Dann können sie mitfeiern.»

«Genau!» nickte der Vampir und sprang besonders hoch.

«Ihr seid gemein!» Anton war den Tränen nahe. «An mich denkt ihr nie.»
«Glaubst du?» lächelte Olga. «Ich träume jede Nacht von dir – von deinem schlanken weißen Hals …»
«Träumst du nicht von mir?» rief der kleine Vampir entrüstet.
«Von dir?» Sie kicherte. «Doch, manchmal.»
Rüdiger strahlte. «Wirklich?»
«Ja. Wenn ich einen Alptraum habe.»
Der kleine Vampir machte ein so gekränktes Gesicht, daß Anton trotz seiner Wut auf die beiden fast gelacht hätte. «Und wer soll das alles wieder aufräumen?» rief er.
Olga zuckte mit den Schultern.
«Deine Mutter», schlug sie vor.
«Meine Mutter? Hast du eine Ahnung!»
«Dann eben dein Vater und deine Mutter.»
«Meine Eltern werden keinen Finger rühren.»
«Ich begreife nicht, warum du dich so aufregst», meinte sie und hüpfte vom Sofa herunter. «Mit den lustigen Papierschnipseln sieht das Zimmer doch viel gemütlicher aus als vorher. Ich würde es jedenfalls so lassen.»
«Ja, du! Aber meine Eltern nicht. Die hassen Unordnung.»
«Frag doch Anna, ob sie mit dir aufräumt?»
«Anna?» Erst jetzt wurde ihm bewußt, daß sie fehlte.

«Wo ist sie überhaupt?»
Olga machte eine verächtliche Bewegung mit dem Kopf. «Wir haben sie rausgeschmissen.»
«Rausgeschmissen?» rief Anton bestürzt. Anna war heute abend seine einzige Verbündete gewesen!
«Weil sie eine Spaßverderberin ist.»
«Das stimmt», nickte der Vampir. «Sie gönnte uns nicht den kleinsten Spaß.»
Und indem er Annas Stimme nachzuahmen versuchte, zeterte er: «Geht weg vom Schrank! Ihr dürft die Türen nicht aufmachen! Nicht reingukken! Ihr dürft nichts rausnehmen, das gehört euch nicht! Nicht aufs Sofa steigen!»
«Ja, und da haben wir sie genommen und an die Luft gesetzt.»
«Ihr habt sie einfach aus dem Fenster geworfen?»
«Nein – nur aus dem Zimmer.»
«Und wo ist sie jetzt?»
Olga zuckte gleichmütig mit den Schultern.
«Wahrscheinlich hockt sie auf deinem Bett und schmollt.»
«Auf meinem Bett?» Der Gedanke war ihm nicht sehr angenehm.
Anton rannte los.

Anna die Spaßverderberin

Als er in sein Zimmer kam, sah er Anna am Schreibtisch sitzen. Unwirsch hob sie den Kopf und sagte: «Stör mich nicht. Ich lese.»
«Anna, du mußt unbedingt rüberkommen», bat er.
«Ich habe keine Lust, bei eurer überkandidelten Party mitzumachen», erwiderte sie kühl.
«Nein, du sollst mir helfen!»
«Ich möchte lieber lesen», antwortete sie und deutete auf das Buch. Es war – «Romeo und Julia»! «Kennst du es?»
«Ich?» murmelte Anton verlegen. «Ähem – ich fand es ziemlich langweilig.»
«Ja, der Anfang ist wirklich langweilig», stimmte sie ihm zu. «Doch dann habe ich weitergeblättert und den Schluß entdeckt. Und den finde ich wunderschön.» Bei den letzten Worten leuchteten ihre Augen. «Hast du den Schluß gelesen?»
«Nein», sagte Anton. Er konnte sich schon denken, warum ihr der so gut gefiel.
«Es ist eine Liebesgeschichte», erklärte sie. «Romeo und Julia lieben sich, und nichts kann sie trennen, nicht einmal der Tod.»
«Tatsächlich?»
«Ja. Und als sie tot ist, folgt er ihr, ohne zu zögern, in ihr dunkles Reich.»

«Sie ist aber nur scheintot», warf Anton ein.
Annas Miene verfinstert sich. «Du hast es also doch gelesen.»
«Mein Vater hat mir den Schluß erzählt.»
Sie machte eine ungeduldige, ärgerliche Handbewegung.
«Scheintot oder nicht – sie sterben jedenfalls. Und dann sind sie für alle Ewigkeit vereint – so wie wir beide eines Tages vielleicht auch.»
Anton überlief es kalt.
«Ich finde den Schluß traurig», sagte er hastig.
«Traurig?» Sie sah ihn verständnislos an. «Es ist die schönste, tröstlichste Liebesgeschichte, die ich je gelesen habe!»
«Aber Romeo und Julia wären viel lieber am Leben geblieben. Sie mußten nur sterben, weil ihre Elternhäuser verfeindet waren.»
«Pah – Leben!» Anna brach in Tränen aus. «Was ist das schon gegen eine Liebe ohne Ende.» Sie erhob sich schluchzend und drehte Anton den Rücken zu. Hilflos stand er da. Da hörte er ein Geräusch im Flur, und gleich darauf steckte Olga ihren Kopf durch die Tür.
«Habt ihr Probleme?» fragte sie und grinste schadenfroh.
«Na, macht nichts. Jetzt beginnt der vergnügliche Teil des Abends: der transsylvanische Eier- und Tomatentanz!» Stolz zeigte sie eine Schüssel, die voller Eier und Tomaten war.

«Was wollt ihr damit? Seid ihr völlig übergeschnappt?» rief Anton.
Olga lachte vergnügt. «Ja, das sind wir», antwortete sie und verschwand.
«Anna, du mußt mir helfen!» sagte Anton beschwörend. Dann rannte er hinter Olga her.
Im Wohnzimmer stellte sie die Schüssel auf den Tisch, nahm ein paar Eier und Tomaten heraus und sprang auf das Sofa.
«Alle mal hersehen!» kreischte sie. «Jetzt zeigt Olga Fräulein von Seifenschwein den einmaligen, unnachahmlichen transsylvanischen ...» Weiter kam sie nicht, denn in diesem Augenblick klingelte es an der Tür.
Olgas selbstgefälliges Lächeln erstarb. «Wer ist das?» fragte sie mißtrauisch.
Anton machte ein ratloses Gesicht. «Keine Ahnung. Vielleicht Nachbarn, die sich beschweren wollen.»
Jetzt hörten sie, wie jemand gegen die Tür schlug – jemand, der sehr wütend sein mußte. Die Schläge dröhnten durch die Wohnung.
Olga begann am ganzen Körper wie Espenlaub zu zittern.
«Da! Da sind sie!» stammelte sie.
«Wer?» fragte der kleine Vampir.
«Die Vampirjäger!» antwortete sie bebend.
Sie warf die Eier und die Tomaten in die Schüssel zurück und rannte zum Fenster.

«Was willst du tun?» rief der Vampir.

«Fliehen!»

Sie riß das Fenster so ungestüm auf, daß zwei Blumentöpfe zu Boden krachten.

«Aber wir brauchen doch gar nicht zu öffnen», wandte Rüdiger ein.

«Dann brechen sie die Tür auf!» schrie Olga. Sie war vor Angst fast außer sich und mußte sich am Fensterrahmen festhalten.

«Olga! In diesem Zustand kannst du unmöglich fliegen», beschwor sie der kleine Vampir.

Wieder erklangen dumpfe Schläge gegen die Tür.

Olga schrie auf und flog davon.

«Warte auf mich, Olga!» rief der kleine Vampir und flog hinterher. Anton hätte erleichtert sein können – wären da nicht schon wieder die Schläge an der Tür gewesen.

Wer mochte das sein?

Nachbarn? Polizei?

Angstvoll schlich er zur Tür und rief: «Wer ist das?»

Er hörte ein Kichern. Dann sagte eine Stimme: «Ich bin's, Anna.»

«Anna?»

«Mach endlich auf», rief sie und pochte ungeduldig.

Anton öffnete die Tür.

«Na, hat es geklappt?» fragte sie mit einem spitzbübischen Lächeln und trat ein.

«Was denn?»
«Der Trick, mit dem ich Olga loswerden wollte.» Sie spähte ins Wohnzimmer und nickte befriedigt.
«Ich weiß überhaupt nicht, wovon du redest», sagte Anton.
«Hast du nicht die kräftigen Schläge gehört? Das war ich!» Sie lachte und zeigte Anton ihre kleinen Fäuste.
«Es hat zwar ganz schön weh getan», meinte sie, «aber für dich habe ich es gern getan.»
«Für mich?» staunte Anton.
«Ja! Schließlich sollte ich dir helfen.»
«Helfen schon – aber nicht gegen die Tür donnern.»
«Genau das war der Trick», erklärte sie voller Stolz. «Olga hat uns nämlich erzählt, daß sie nichts so fürchtet wie das Geräusch lauter Schläge gegen eine Tür.»
«Und wieso?»
«Es muß mit den Vampirjägern zusammenhängen, die ins Schloß eindrangen und ihre Eltern ... na, du weißt schon.»
«Arme Olga», meinte Anton leise. Kaum hatte er das ausgesprochen, wurde er rot. Olga zu bemitleiden – das war bestimmt das Verkehrteste, was er im Moment tun konnte.
Anna sah ihn mit blitzenden Augen an.
«Ist das alles, was du zu sagen hast?» rief sie. «Es interessiert dich wohl gar nicht, daß ich mich in

Lebensgefahr begeben habe, um dir zu helfen!»
«In Lebensgefahr?» stotterte Anton.
«Erst mußte ich durch den Flur schleichen, ohne von euch entdeckt zu werden, und dann mußte ich eine Ewigkeit vor eurer Wohnungstür stehen und mit den Fäusten dagegenschlagen. Stell dir vor, wenn mich da draußen jemand erwischt hätte! Für eine Einbrecherin hätte man mich halten können!»
«Das war sehr nett von dir», meinte Anton verlegen.
«Nett! Ich hasse dieses Wort», rief sie zornig.
«Ich wollte sagen: Es war sehr –» Er zögerte und suchte nach einem schmeichelhaften Ausdruck.
«Es war sehr mutig von dir!» erklärte er dann.
«Nicht wahr?» Sie lächelte wieder.
«Ich glaube, ich sollte jetzt aufräumen», murmelte er, und trübsinnig betrachtete er das Durcheinander im Wohnzimmer.
«Ich mache mit», erbot sich Anna. «Zu zweit geht es schneller.»
Anton räusperte sich. «Das ist wirklich nett – äh – liebeswürdig.»
«Liebenswürdig?» wiederholte Anna und seufzte.
«Ach, Anton ...!»

Antons Eltern

Als sie nebeneinander auf dem Teppich hockten und die Papierschnipsel zusammenklaubten, sagte Anton: «Eins finde ich schade.»
«Und was?»
«Daß ich jetzt nie erfahren werden, wie der transsylvanische Eiertanz geht!»
«Sei froh», antwortete sie. «Wie ich Olga kenne, wäre es eine große Schweinerei geworden.»
«Ja, wahrscheinlich. Und rohe Eier vom Boden aufzuwischen, wäre sicherlich nicht so –» Er brach ab, weil er hörte, wie die Wohnungstür aufgeschlossen wurde.

«Meine Eltern!» rief er und wurde leichenblaß. Er blickte auf die Uhr:
Es war erst kurz nach zehn.
«So früh kommen sie sonst nie zurück!»
Und im Wohnzimmer sah es noch immer wie Kraut und Rüben aus ...
«Am liebsten würde ich mich in Luft auflösen», flüsterte er.
«Ich auch», sagte Anna und schielte sehnsüchtig auf das offene Fenster.
Sie hörten das Klappern von Bügeln: Noch waren Antons Eltern dabei, ihre Mäntel auszuziehen und an die Garderobe zu hängen.
«Du darst mich jetzt nicht alleinlassen!» flehte Anton. «Wenn du dabei bist, schimpfen sie bestimmt nicht so doll.»
«Glaubst du?» Anna machte ein zweifelndes Gesicht. «Und wenn sie meinen Vampirumhang sehen?»
«Ach – an Vampirumhänge haben sie sich inzwischen gewöhnt», behauptete er.
«Anton?» Das war die Stimme seiner Mutter.
«Ja, hier», antwortete er kläglich.
«Wo bist du?»
Energische Schritte näherten sich – und dann standen Antons Eltern in der Tür.
«Im Wohnzimmer? Aber wir hatten dir doch ausdrücklich gesagt ...» Sie verstummte und sah sich mit weitaufgerissenen Augen um.

«Das gibt es doch nicht ... unser schönes Wohnzimmer ...»
«So eine Unverschämtheit!» polterte Antons Vater los.
«Guck dir bloß den Teppich an. Und die Blumentöpfe – kaputt! Als hätten hier Vandalen gehaust ...»
Anton machte sich so klein wie möglich und warf einen besorgten Blick auf Anna. Sie hatte sich den Umhang über den Kopf gezogen. Von ihrem Gesicht war nur noch die Nasenspitze zu sehen.
«Das Sofa – voller Konfetti!» rief Antons Mutter.
«Und die Polster sehen aus, als wäre jemand drauf herumgehopst.»
Antons Vater schrie auf. «Der Plattenspieler! Ich wette, den haben sie auch benutzt.»
Mit finsterer Miene musterte er Anton.
«Habe ich recht?»
Anton wäre am liebsten im Erdboden versunken.
«Ja», sagte er zitternd.
Argwöhnisch hob sein Vater den Deckel des Plattenspielers hoch – und stieß einen Schrei aus: «Der läuft ja noch!»
«Aber –» begann Anton und verstummte. Wenn er zugab, daß es Olgas Schuld war, machte er alles nur noch schlimmer.
«Das ist doch die Höhe!» Erregt schüttelte Antons Vater den Kopf. Sein Gesicht war rot angelaufen, und seine Mundwinkel zuckten.

«Wir erlauben dir, eine Party zu feiern, wir vertrauen dir ...»
Wutschnaubend blieb er vor Anton stehen.
«Und du? Bist du nicht bei Trost? Oder was ist mit dir los?»
Die letzten Worte brüllte er.
Danach war es sekundenlang still.
Dann sagte eine zarte Stimme: «Bitte nicht schlagen!» Es war Anna. Sie hatte den Umhang zurückgestreift und blickte Antons Vater tapfer entgegen. «Bitte nicht Anton schlagen!»
Verdutzt starrte der Vater sie an.
«Du?» sagte er.
«Ja!» antwortete Anna mit fester Stimme. «Ich bin extra hiergeblieben, um Anton zu helfen.»
Die Eltern wechselten einen Blick, und bevor sie etwas erwidern konnten, fuhr Anna fort: «Kinder zu schlagen, ist gemein. Nur Schwächlinge tun das.»
Antons Vater mußte lächeln. «Wieso glaubst du, daß ich das wollte?»
«Sie haben so grimmig geguckt.»
«Das stimmt!» sagte Antons Mutter. «Wenn du dich über etwas ärgerst, siehst du manchmal furchterregend aus.»
«Ich – und furchterregend?» Mit einer verlegenen Handbewegung faßte sich der Vater ans Kinn. «Jedenfalls würde ich Anton nie schlagen.»
«Ein Glück!» seufzte Anna. Dann fügte sie keck

hinzu: «Außerdem waren wir gerade dabei, aufzuräumen. Wenn Sie nicht so früh gekommen wären, hätten wir es auch geschafft.»

Anton blickte sie bewundernd von der Seite an. Sie schien sich kein bißchen zu fürchten – im Gegenteil: es war, als hätte sie seine Eltern durch ihr unerschrockenes, selbstbewußtes Auftreten eingeschüchtert.

Antons Vater machte sogar schon wieder ein fröhliches Gesicht – trotz der Unordnung.

«Übrigens – wir sind nur deshalb so früh wiedergekommen, weil wir euch fotografieren wollten», sagte er. «Aber wo sind eigentlich die anderen Gäste?»

«Die anderen Gäste?» wiederholte Anton, um Zeit zu gewinnen. «Ja, also die – die hatten keine Lust mehr. Erst haben sie alles durcheinandergebracht, und dann sind sie einfach abgehauen.»

Seine Mutter sah ihn ungläubig an. «Aha – immer die anderen. Du hast wohl gar keine Schuld.»

«Nein», antwortete er wahrheitsgemäß. Doch natürlich glaubte sie ihm nicht.

«Ihr beiden seid bestimmt auch keine Unschuldsengel!» sagte sie.

Anna lachte glucksend. «Unschuldsengel? Nein, ein Engel bin ich wirklich nicht.»

Inzwischen hatte Antons Vater seinen Fotoapparat geholt.

«Stellt euch mal nebeneinander hin», meinte er,

Romeo & Julia

«damit ich ein schönes Bild von euch machen kann ... Romeo und Julia!»

«Muß das sein?» murrte Anton.

«Aber ja!» kicherte Anna und stellte sich neben ihn.

Der Vater drehte am Objektiv – dann blitzte es. Anna schrie auf und schlug die Hände vors Gesicht. «Au! Meine Augen!» wimmerte sie.

Überrascht ließ Antons Vater den Fotoapparat sinken.

«Was hast du?»

«Das Licht ... au, au, au!»

«Hast du noch nie ein Blitzlicht gesehen?»

«Blitzlicht?» sagte Anna und spähte ängstlich zwischen ihren Fingern hindurch. «Es war so entsetzlich hell ... wie die Sonne!»

«Du magst wohl keine Sonne», bemerkte Antons Mutter.

«Nein!»

«Das sieht man, weil du so blaß bist. Du solltest ruhig öfter mal an die Sonne gehen, dann würdest du etwas Farbe bekommen.»

«Ich? An die Sonne?» rief Anna zitternd.

«Ja. Stell dir vor, wie schrecklich es auf der Erde ohne Sonne wäre. In ewiger Finsternis müßten wir dahinvegetieren. Möchtest du das?»

«Ich ... ich muß jetzt gehen», stammelte Anna und ging schwankend zur Tür.

«Ich bringe dich nach Hause», sagte der Vater.

«Das ist nicht nötig», antwortete sie matt.
«Nicht nötig! Es ist bald Mitternacht. Nachher triffst du draußen – Vampire!» fügte er hinzu und zwinkerte Anton zu.
«Vor Vampiren fürchte ich mich nicht», erklärte Anna.
«Das kann ich mir denken», sagte er und lachte. «Die glauben noch, du wärst eine von ihnen – du mit deinem komischen Umhang. Aber ich bringe dich trotzdem nach Hause, auch wenn du keine Angst vor Vampiren hast.»
Er faßte Annas Arm. Sie ließ es geschehen, was sollte sie auch tun?
Anton hörte, wie die Wohnungstür zuschlug. «Warte», rief er, einer plötzlichen Eingebung folgend. «Ich komme mit.»
«Halt! Soll ich etwa alles alleine aufräumen?» rief seine Mutter empört.
«Bin gleich wieder da», sagte Anton, und bevor sie ihn daran hindern konnte, sauste er los.

Entwischt

Er lief so schnell er konnte, doch der Fahrstuhl war schon weg.

Also rannte er die Treppen hinunter und kam außer Atem unten an.

Er riß die Haustür auf – und erblickte seinen Vater, der auf dem Plattenweg hin und her ging und in die Büsche spähte.

Anscheinend war es Anna gelungen, ihm zu entwischen!

«Suchst du jemanden?» fragte Anton fröhlich.

«Ja, Anna. Sie hatte einen Stein im Schuh und blieb stehen. Ich ging langsam weiter – und als ich mich nach ihr umdrehte, war sie verschwunden.»

Anton hatte Mühe, nicht zu lachen. «Sie wollte eben keine Begleitung.»

«Das ist verrückt! Ein kleines Mädchen – um diese Zeit allein unterwegs ...»

«Anna liebt Mondscheinnächte. Wenn Vollmond ist, geht sie immer draußen spazieren.»

Ungläubig sah ihn sein Vater von der Seite an. «Wie alt ist Anna eigentlich?»

Anton zögerte. Schließlich sagte er: «Ungefähr hundertfünfzig.»

«Wie bitte? Ach, du willst mich auf den Arm nehmen!»

«Vielleicht auch schon hundertsechzig.»

«Jaja!» sagte der Vater gereizt. «Und wenn ich dich jetzt noch frage, wo sie wohnt, antwortest du: Auf dem Friedhof. Stimmt's?»
«Genau!» grinste Anton.
«Gut», meinte sein Vater listig. «Dann fahren wir gleich zum Friedhof.»
Anton schluckte: «Was willst du denn da?»
«Mich vergewissern, daß Anna heil zu Hause angekommen ist.»
«Aber –»
«Komm schon! Da vorne steht unser Auto.»
Anton rührte sich nicht. «Ich glaube, ich bleibe lieber hier.»
«Dann sag mir die Adresse von Anna ... die richtige!»
«Die A-Adresse?»
«Ja. Denkst du, ich lasse sie einfach davonlaufen, ohne mich weiter um sie zu kümmern? Nachher zeigen mich ihre Eltern noch bei der Polizei an.»
«Die bestimmt nicht», sagte Anton mit schwacher Stimme.
«Also: wo wohnt sie?»
«Ähm ...» Anton überlegte fieberhaft, was er antworten sollte. Eine falsche Adresse anzugeben nützte auch nichts, denn sein Vater würde hinfahren und klingeln.
«Ich weiß nicht, wie die Straße heißt ...»
«Aber du warst doch schon öfter da!»
«Ja – trotzdem.»

«Dann mußt du eben mitkommen und mir den Weg zeigen.»
Anton versuchte eine allerletzte Ausrede: «Im Dunkeln weiß ich den Weg aber nicht.»
Doch sein Vater ließ sich nicht beirren.
«Unsinn», sagte er und ging mir raschen Schritten zum Auto. Anton blieb nichts anderes übrig, als ihm zu folgen.

Dunkle Gestalten

Im Auto fragte der Vater: «Und wohin jetzt?»
Anton rutschte unbehaglich auf dem Rücksitz hin und her.
«Ähm – also zuerst mal geradeaus.»
Sein Vater ließ den Motor an. «Und dann?»
«D-dann an der Ampel links.»
«Die Straße führt aber zum Friedhof.»
«Anna wohnt ja auch im hinteren – äh, hinter dem Friedhof.» Fast hätte er sich verraten!
«Gibt es da überhaupt Wohnhäuser?» fragte sein Vater zweifelnd.
«Klar», behauptete Anton, obwohl er es selbst nicht wußte. Aber ihm würde schon etwas einfallen, wenn sie dort waren.

Langsam glitt der Wagen durch die nächtlichen Straßen. Sie waren menschenleer, und nur noch in wenigen Häusern brannte Licht.
So eine Nachtfahrt könnte eigentlich ganz romantisch sein, dachte Anton – wenn er nicht dieses komische Gefühl im Magen gehabt hätte.
Plötzlich lachte sein Vater auf. «Guck mal da drüben!»
«Wo?»
«In dem kleinen Weg.»
Jetzt erblickte auch Anton die beiden Gestalten, die unter einem großen Baum standen und erregt aufeinander einredeten. Sie trugen lange schwarze Mäntel oder Umhänge, und ihre Gesichter schimmerten weißlich.
Waren das etwa – Vampire?
«Witzig!» meinte der Vater. «Die haben auch so ein Cape wie Anna.»
«Halt doch mal an», rief Anton mit rauher Stimme.
«Wieso denn?» sagte der Vater, fuhr aber doch an den Straßenrand.
«Und schalte den Motor aus!» sagte Anton beschwörend. Sein Vater tat es.
In diesem Augenblick drehten sich die beiden Gestalten um und starrten zu ihnen herüber.
Antons Vater stieß einen Schrei aus.
«Das ist ja Anna!» rief er. «Und wer ist die andere?»

«Die a-andere?» stotterte Anton, der genauso verblüfft war wie sein Vater. «Das ist ... T-Tante Dorothee!»
«Annas Tante?»
«Ja», sagte Anton zitternd. Beim Anblick von Tante Dorothee war es ihm eiskalt über den Rükken gelaufen.
Sein Vater lachte. «Wenn es Annas Tante ist, kann ich ja ganz beruhigt sein. Aber ich werde trotzdem mal kurz zu ihr rübergehen und mit ihr sprechen», erklärte er und wollte schon die Wagentür öffnen.
«Nicht!» rief Anton und hielt ihn am Ärmel fest.
«Warum nicht?»
«Weil ... Annas Tante ist – sehr menschenscheu.»
«So?» lachte der Vater nur und stieg aus.
Doch da machten Tante Dorothee und Anna auf dem Absatz kehrt und rannten davon, ins Dunkel hinein.
Verblüfft blieb Antons Vater neben dem Auto stehen.
«Warum laufen sie vor mir weg?» staunte er.
Anton grinste. «Wahrscheinlich hast du wieder so ein furchterregendes Gesicht gemacht.»
Sein Vater warf ihm einen wütenden Blick zu, sagte aber nichts. Unschlüssig sah er zur anderen Straßenseite hinüber. Dann setzte er sich wieder ins Auto. «Merkwürdig finde ich es schon», meinte er. «Aber da sie ihre Tante ist, wird sie Anna wohl sicher zu Hause abliefern.»

«Bestimmt.»
«Fahren wir zurück!» Der Vater startete den Wagen.
«Schon?» sagte Anton vergnügt. «Gerade hatte es angefangen, mir Spaß zu machen.»
Sein Vater wandte sich zu ihm um und grinste hinterhältig. «Aufräumen macht auch Spaß.»
«Ach», sagte Anton gedehnt. «Mutti ist sicherlich längst fertig.» Doch leider sollte er sich getäuscht haben. Als sie ins Wohnzimmer kamen, saß seine Mutter auf dem Sofa, hatte die Beine hochgelegt – und las!
«Habt ihr Anna gut nach Hause gebracht?» fragte sie.
«Ja ... oder eigentlich nein –» Antons Vater zögerte. Anscheinend wollte er nicht zugeben, daß ihm Anna davongelaufen war. «Anna traf unterwegs ihre Tante», erklärte er dann.
«Ihre Tante? Na, so ein Zufall!»
«Ja, das war wirklich ein glücklicher Zufall», bestätigte Antons Vater. Anton warf ihm einen bedeutungsvollen Blick zu, sagte jedoch nichts.
«Und diese Tante hat Anna mit nach Hause genommen?» fragte die Mutter. Antons Vater nickte.
«Gott sei Dank!» Die Mutter seufzte erleichtert.
Sie klappte ihr Buch zu und stand auf. Mit einem Blick auf das Durcheinander im Zimmer meinte sie: «Anton sollte jetzt ganz schnell ins Bett gehen. Er hat morgen früh viel aufzuräumen.»

«Immer ich», brummte Anton und trottete zur Tür.
«Frag doch deine Freunde, ob sie dir helfen», schlug sein Vater vor.
Anton sah ihn über die Schulter an und sagte abgründig: «Morgen früh? Da liegen sie noch in den Särgen.»
Er hörte, wie seine Mutter empört nach Luft schnappte.
«Särge?» lachte sein Vater. «Ist das die neue Bettenmode?»
«Ja», knurrte Anton. «Gute Nacht.»

Kino

Am nächsten Tag regnete es. Dicke Wolken hingen am Himmel, und alles war grau und trübe – genau wie Antons Stimmung.
Mißgelaunt saß er am Frühstückstisch und stopfte ein Honigbrot in sich hinein.
Seine Mutter blickte aus dem Fenster.
«So ein Pech», meinte sie. «Ausgerechnet heute wollten wir etwas unternehmen.»
Anton hob interessiert den Kopf. «Etwas unternehmen? Mit mir?»

«Du mußt doch aufräumen», erwiderte sie.
«Danke, daß du mich daran erinnert hast», sagte Anton zähneknirschend. «Ich hätte es fast vergessen.»
«Wir können ja heute nachmittag ins Kino gehen», schlug Antons Vater vor.
«Ins Kino? O ja!» rief Anton freudig. «Ich glaube, es läuft ein Vampirfilm.»
«Ein Vampirfilm – das fehlte mir noch», sagte seine Mutter.
Antons Vater lachte. «Wieso? An einem verregneten Sonntag kann das gerade die richtige Ablenkung sein.»
Abwehrend fragte sie: «Und was ist das für ein Film? Bestimmt so ein primitives Machwerk, bei dem literweise Ketchup verspritzt wird.»
«Das ist doch lustig», kicherte Anton.
«Und außerdem kannst du dann endlich mitreden, wenn es um Antons Lieblingsthema geht», sagte der Vater.
«Ich weiß nicht.» Sie zögerte.
Nach einer Pause meinte sie: «Aber vielleicht hast du recht. Vielleicht sollte ich mir wirklich einen dieser Filme ansehen, um zu wissen, was den Kindern heutzutage so zugemutet wird.»
«Oh, toll!» jubelte Anton.
«Aber als erstes mußt du aufräumen», sagte sie, «damit wir unser Wohnzimmer wieder betreten können.»

«Aufräumen? Kein Problem!» antwortete er fröhlich und stand vom Tisch auf.
«Es tanzt ein Vi-Va-Vampirkind in unserm Haus herum» vor sich hin singend, machte er sich an die Arbeit. Er war sehr zufrieden: ein unterhaltsamer Sonntagnachmittag erwartete ihn, und er brauchte nicht einmal das Eintrittsgeld für den Vampirfilm zu bezahlen!

Als sie um sechs Uhr aus dem Kino kamen, zweifelte Anton allerdings daran, daß seine Idee tatsächlich so gut gewesen war.
Das Gesicht seiner Mutter sah aschfahl aus. Im Auto brachte sie das Gespräch sofort auf Anna und Rüdiger: «Deine komischen Freunde sind mir jetzt noch unheimlicher geworden.»
«Warum denn?» tat Anton ahnungslos.
«Ihre Umhänge, die weißen Gesichter – alles ist genauso wie im Film.»
Er versuchte zu lachen. «Anna und Rüdiger gehen eben auch gern ins Kino.»
«Ich bin ihnen noch kein einziges Mal bei Tageslicht begegnet», sagte sie nachdenklich. «Und dann dieser eigenartige Geruch, den sie ausströmen ...»
«Ach, das ist doch Kinderkram», erwiderte der Vater. «Die beiden machen sich einen Spaß daraus, anders auszusehen.»
«Genau!» stimmte ihm Anton erleichtert zu. «In

der Schule sagen die Lehrer immer, daß man keine Vorurteile gegenüber Leuten haben darf, die anders aussehen.»

Seine Mutter blickte ihn verärgert an, sagte aber nichts. Sie ließ den Motor an und fuhr vorsichtig aus der Parklücke heraus.

Es regnete noch immer, und sie schaltete die Scheibenwischer ein.

«O je, die armen Vampire!» witzelte Antons Vater. «Bei dem Wetter werden ihre Umhänge ja ganz naß. Bestimmt gehen sie heute abend zu Fuß.»

«Sehr spaßig!» sagte die Mutter wütend.

Plötzlich mußte sie scharf bremsen: eine Gestalt in einem langen dunklen Cape war vor ihrem Auto über die Straße gehuscht.

«Siehst du?» grinste der Vater. «Das war schon der erste Vampir.»

Sie drehte den Kopf zu ihm um und sagte mit leiser, gereizter Stimme: «So, glaubst du? Dann hast du anscheinend im Kino nicht aufgepaßt.»

«Wieso?»

«Weil die Sonne noch gar nicht untergegangen ist.»

Regentropfen, die ans Fenster klopfen

Es regnete auch noch, als Anton im Bett lag. Mit offenen Augen horchte er in das Dunkel hinein. Gleichmäßig und einschläfernd pochten die Tropfen gegen die Scheibe.

Doch dann wurde das Klopfen so laut und so heftig, daß er sich verärgert aufsetzte. «Bei dem Lärm kann ja kein Mensch einschlafen», brummte er – da fiel ihm ein, daß es möglicherweise nicht nur der Regen war, der gegen sein Fenster pochte ...

Er sprang aus dem Bett und schob die Vorhänge zur Seite – und wirklich: auf dem Fenstersims saß Anna. Ihr Gesicht glänzte vor Nässe, aber sie lächelte. Anton öffnete das Fenster. Jetzt sah er, daß sie einen weiten schwarzen Regenumhang trug, dessen Kapuze sie sich über den Kopf gezogen hatte.

«Hallo, Anton», sagte sie mit sanfter Stimme.

«Du?» murmelte er. «Ich dachte, Vampire könnten bei Regen gar nicht fliegen ...»

«Warum nicht?» antwortete sie. «Wir müssen nur unsere Gummihaut überziehen. – Ich habe dir auch eine mitgebracht», fügte sie hinzu und zog einen zweiten Regenumhang hervor.

«Für mich?» fragte er erschrocken.

«Ja. Heute nacht mußt *du* mir helfen.»

«Ich? Aber –» Er sah zur Tür.

Drüben im Wohnzimmer saßen seine Eltern vor dem Fernseher.
«Olga ist gestern nacht Hals über Kopf abgereist», erzählte sie flüsternd. «Und jetzt irrt Rüdiger völlig verzweifelt auf dem Friedhof umher und will erst wieder etwas essen, wenn Olga zurückgekehrt ist.»
«Das kann ja ganz schön gefährlich für ihn werden!» meinte Anton.
«Und seine Gummihaut hat er auch nicht übergezogen! Wenn Geiermeier und Schnuppermaul ihn jetzt erwischen, kann er nicht mal wegfliegen, weil sein Umhang völlig durchnäßt ist.»
Anton schwieg betroffen. «Und eure Eltern? Kümmern die sich nicht um euch?» fragte er dann.
Sie schüttelte den Kopf. «Du weißt doch, wie es bei uns ist. Jeder hat genug mit sich selbst zu tun. – Deshalb mußt du mir helfen. Du mußt mit ihm reden!»
Anton zögerte. «Und Olga ist wirklich abgereist?»
«Zum Glück!»
«Wegen gestern – weil du so laut gegen die Tür geklopft hast?»
«Ja», sagte Anna. Ungeduldig setzte sie hinzu: «Aber nun komm endlich, bevor Rüdiger etwas zustößt.»
«Warte!» Anton ging zur Tür und drehte den Schlüssel herum. Dann zog er sich einen Pulli, seine Hose und die Turnschuhe an.

«Was machst du denn so lange?» fragte Anna nervös.
«Nichts», antwortete er schnell und trat ans Fenster.
Sie reichte ihm einen Vampirumhang. «Das ist der Umhang von Onkel Theodor, den Olga hatte. Und darüber kommt die Gummihaut.
Geschickt streifte sie ihm beide Umhänge über. Die Gummihaut war erstaunlich leicht – Anton spürte sie kaum. Vorsichtig machte er ein paar Bewegungen mit den Armen, und schon schwebte er.
«Und damit kann man wirklich fliegen?» fragte er zweifelnd.
Anna lachte leise. «Aber ja! Wir benutzen solche Gummihäute seit hundertfünfzig Jahren, und nie ist jemand abgestürzt.»
Beruhigend fand Anton diese Auskunft nicht.
«Es ist so eng darunter», beklagte er sich.
«Du wirst dich schon daran gewöhnen», meinte sie.
Anton sah in den strömenden Regen und seufzte. Bei dem Wetter würde man nicht mal einen Hund vor die Tür jagen!
Er warf einen letzten wehmütigen Blick auf sein warmes, trockenes Bett – dann flogen sie los.

Geheimschrift

Der Regen schien von überallher zu kommen. Anton versuchte, ruhig und gleichmäßig zu fliegen. Doch die großen, schweren Tropfen schlugen ihm direkt ins Gesicht.

«Verdammt, ich kann nichts mehr sehen!» stieß er zwischen den Zähnen hervor und fuhr sich mit dem Handrücken über die Augen.

«Flieg einfach hinter mir her», rief Anna ihm zu.

«Mein Arm – ich hab mich im Umhang verheddert!»

«Warte! Ich helfe dir.» Sie flog an seine Seite. «Gib mir deine Hand!»

Zitternd streckte er ihr seine Hand entgegen. Sie ergriff sie und zog ihn mit sich.

Anton schlug das Herz bis zum Hals. Es hätte nicht viel gefehlt, und er wäre in die Tiefe gestürzt ...

«Gleich sind wir da», hörte er Anna sagen.

Wie durch einen dichten Schleier sah er die alte Friedhofsmauer unter sich. Sie flogen darüber hinweg und landeten im hinteren Teil des Friedhofs.

«War es schlimm?» fragte Anna mitfühlend.

Anton löste seine Hand aus der ihren. «Nein», log er. Sie brauchte nicht zu wissen, daß er eben Todesängste ausgestanden hatte!

«Ich finde Regenflüge aufregend», erklärte sie. «Aber jetzt müssen wir Rüdiger suchen.»

Sie lief voraus, und Anton ging mit weichen Knien hinterher.
Auf einmal blieb Anna stehen.
«Mein Grabstein – jemand hat ihn aufrecht hingestellt!»
Anton mußte grinsen. «Tatsächlich?» sagte er.
«Ja. Und die Moosschicht ist auch abgekratzt.»
Verwundert ging sie um ihren Stein herum. Dann bückte sie sich und zog mit einem überraschten Aufschrei die Tonfigur hervor.
«Das ist ja ein Vampir», rief sie. «Weißt du, wie der dahingekommen ist?»
Anton grinste nur.
«Da steckt etwas drin», sagte sie aufgeregt. Sie holte den Zettel heraus und begann ihn vorzulesen: «Liebe Anna, ich muß mit dir reden. Die Sache mit Olga tut mir leid, ehrlich. Anton.»
Mit großen, erstaunten Augen blickte sie ihn an. «Ist der Brief von dir?»
«Von mir?» Es war Anton äußerst peinlich, daß sie seinen Brief ausgerechnet jetzt lesen mußte! «Wie kommst du denn darauf?»
«Da steht dein Name.»
«Mein Name?»
«Ja, hier», sagte sie und hielt ihm den Zettel hin.
«Ich kann nichts erkennen», erwiderte er und unterdrückte ein Lachen: denn inzwischen hatte der Regen die Tinte verwischt, so daß die Schrift völlig unleserlich geworden war – glücklicherweise!

Anna starrte ungläubig auf das Papier.
«Aber eben stand es noch da ...»
Anton zuckte vergnügt mit den Schultern.
«Vielleicht war es eine Geheimschrift», meinte er und fügte hintergründig hinzu: «Außerdem ist es sowieso zu dunkel zum Lesen. Da verdirbt man sich nur die Augen.»
Mit einem wissenden Lächeln faltete Anna den Brief und schob ihn wieder in die Tonfigur.
Dann steckte sie die Figur behutsam unter ihren Umhang.
«Danke!» sagte sie und schaute ihn so zärtlich an, daß ihm ganz komisch wurde.
«Schon gut», murmelte er verlegen. «Aber wollten wir nicht Rüdiger suchen?»
«Ja. Komm!»

Liebeskummer

Entschlossen ging sie los, und Anton hatte Mühe, ihr zu folgen. Der Regen hatte zwar etwas nachgelassen, aber der Boden war so aufgeweicht, daß er mehrmals mit seinen Turnschuhen steckenblieb.
Es wunderte ihn nur, wie leichtfüßig Anna vor ihm herlief. Der matschige Boden schien ihr überhaupt

nichts auszumachen. Ob das an den altmodischen Schuhen lag, die sie trug?
«Nicht so schnell!» rief er – da stolperte er und fiel ... genau in eine Pfütze!
Als er sich wieder aufgerappelt hatte, waren seine Hände und seine Hose mit Schlamm bedeckt.
«Hast du dir weh getan?» fragte Anna besorgt.
«Nein», knurrte er. «Ich habe nur ein kleines Bad genommen.»
Sie kicherte. «Hat dir der Regen noch nicht gereicht?»
«Das ist alles nur Tarnung», erklärte er so würdevoll wie möglich. «Damit man meine Hände im Dunkeln nicht sieht.»
Anna musterte seine Hände, lachte und ging weiter. Mit zusammengebissenen Zähnen schlich Anton hinter ihr her. Inzwischen war er so naß, daß ihm alles egal war.
An der Kapelle bog Anna nach links ab – in den neuen Teil des Friedhofs, den Anton sonst nie betrat. Hier waren die Wege so schnurgerade wie mit dem Lineal gezogen, und die Gräber sahen aus wie die Schaufenster von Blumengeschäften.
«Meinst du wirklich, daß Rüdiger hier ist?» fragte er flüsternd.
«Siehst du die Trauerweiden?» antwortete sie ebenso leise.
Er nickte.
«Unter den Bäumen steht eine Bank», fuhr sie fort.

«Dort sitzt er manchmal, wenn er Probleme hat.»
«Hat er denn öfter – Probleme?» fragte Anton überrascht.
«Natürlich. Wie jeder normale Vampir», gab sie zur Antwort. «Aber meistens ist es nur Ärger mit unseren Eltern oder mit Lumpi. Nichts Schlimmes. Diesmal allerdings, mit Olga ...»
Sie sprach nicht weiter. Anton fröstelte.
«Hoffentlich ist es noch nicht zu spät», flüsterte er und merkte, wie ihm der Gedanke daran die Kehle zuschnürte.
Anna antwortete nicht. Sie war stehengeblieben und lauschte.
«Hörst du etwas?» fragte Anton mit zitternder Stimme.
«Ich weiß nicht ... Vielleicht ist es der Regen ... aber es klingt, als ob jemand weint.»
Anton horchte nun auch – aber er vernahm nur das Rauschen des Regens.
«Ich werde mal nachgucken», sagte sie. «Du bleibst hier!»
Und bevor Anton etwas erwidern konnte, verschwand sie. Er stellte sich hinter eine Hecke – – und wartete. Die Minuten schienen sich endlos zu dehnen.
Schließlich hörte er Annas Stimme: «Anton, wo bist du?»
«Hier», sagte er und kam aus seinem Versteck hervor.

«Es ist Rüdiger», erzählte sie flüsternd.
Anton fiel ein Stein vom Herzen. «Und? Hast du mit ihm gesprochen?»
«Nein. Du sollst doch mit ihm reden. Komm, ich führe dich zu ihm.»
Sie lächelte ihm aufmunternd zu. Dann ging sie vor Anton her, der sich bemühte, kein verräterisches Geräusch zu machen.
So erreichten sie die Trauerweiden, und Anton entdeckte den kleinen Vampir. Wie ein Häuflein Elend saß er auf der Bank, hatte den Kopf in den Händen vergraben und schluchzte.
Dieser Anblick war dermaßen jammervoll, daß Anton hilfesuchend zu Anna hinübersah – doch der Platz, an dem sie eben noch gestanden hatte, war leer.
Im ersten Augenblick war er erschrocken, aber dann spürte er ein Gefühl der Erleichterung: Es war bestimmt einfacher, mit Rüdiger zu sprechen, wenn Anna nicht daneben stand!
Er trat einen Schritt vor und sagte: «Rüdiger? Ich bin's – Anton.»
Der kleine Vampir hob den Kopf und starrte Anton aus kleinen, verquollenen Augen an. Sein Gesicht war tränenüberströmt – oder waren es Regentropfen?
«Was willst du?» fragte er mit müder Stimme.
«Ich ...» begann Anton und stockte. Wie tröstete man einen liebeskranken Vampir? «Ich wollte ...

also, ich wollte dir nur sagen: Wir beide sind doch Freunde! Und Freundschaft bedeutet, daß man zusammenhält.»

«Ich habe keine Freunde mehr», erwiderte der kleine Vampir, und seine Mundwinkel zuckten. «Ich bin allein auf der Welt, völlig allein.» Weinend schlug er die Hände vors Gesicht.

«Doch, du hast Freunde», widersprach Anton. «Mich hast du – und Anna. Und das ist mehr wert als so ein hochnäsiges Vampirfräulein aus Transsylvanien, das bei der ersten besten Gelegenheit davonrennt und dich im Stich läßt.»

«Hochnäsig?» schrie der kleine Vampir. «Im Stich lassen?» Mit Tränen in den Augen funkelte er Anton wütend an. «Du willst Olga nur schlechtmachen!»

«Ich? Überhaupt nicht», versicherte Anton. Insgeheim war er froh, daß er es geschafft hatte, den kleinen Vampir aus seiner dumpfen Verzweiflung herauszureißen. Ein schimpfender, tobender Rüdiger war auf jeden Fall besser als ein tieftrauriger, lebensmüder Vampir!

«Ihr wollt meine Freunde sein?» rief der kleine Vampir jetzt und sprang erregt von der Bank auf. «Du und Anna – ihr seid schuld, daß Olga abgeflogen ist.»

«Na und? Sei doch froh!» entgegnete Anton – ziemlich leichtsinnig, wie er gleich darauf merkte. Der kleine Vampir stieß einen markerschütternden

Schrei aus. Er packte Anton bei den Schultern und schüttelte ihn. «Du – du –» schnaubte er. «Wenn du das noch einmal sagst, dann ...»
«Au, du tust mir weh!» rief Anton und versuchte, sich aus dem Griff des Vampirs zu befreien. Doch vergeblich: Die dürren Finger des Vampirs umklammerten ihn wie Schraubstöcke.
«Wenn du noch einmal etwas Schlechtes über Olga sagst, dann puste ich dir dein Lebenslicht aus», rief er und blies Anton seinen Grabesatem mitten ins Gesicht.
Anton mußte husten. «Olga wollte dich sowieso verlassen», ächzte er.
«Mich verlassen? Woher willst du das wissen?»
«Weil sie es mir gesagt hat.»
Verblüfft ließ der Vampir die Arme sinken. «Wann?»
Anton atmete tief durch, bevor er antwortete: «Als sie bei mir war.»
«Ja, und?» rief der Vampir heiser und knackte aufgeregt mit seinen dürren Fingern.
Anton bemühte sich, ein ernstes Gesicht zu machen. Natürlich hatte ihm Olga nichts dergleichen gesagt – aber vielleicht half er damit Rüdiger, schneller über seinen Liebeskummer hinwegzukommen!
«Sie hat mir gesagt, sie will einen Vetter besuchen – in Paris.»
«Einen Vetter? In Paris?» wiederholte der Vampir.

«Und wie heißt er?» fragte er mißtrauisch.
«Das hat sie mir nicht verraten», erwiderte Anton.
«Von einem Vetter hat sie mir nie etwas gesagt», murmelte der kleine Vampir. «Und von Paris auch nicht ... Haben die dort überhaupt Friedhöfe?» wandte er sich fragend an Anton.
«Na klar», antwortete er und fügte übermütig hinzu: «Sogar mit französischen Betten – äh, Gräbern!»
«Hm ...» sagte der Vampir gedankenvoll. «Das würde Olgas Zurückhaltung mir gegenüber erklären ... Ich hatte auch schon den Verdacht, daß es da vielleicht noch einen anderen Vampir für sie gibt ...»
«Genau so ist es!» bekräftigte Anton. «Von Anfang an wollte Olga zu diesem Vetter – nur bis Paris war ihr der Weg zu weit. Deshalb hat sie bei euch eine Zwischenstation eingelegt.»
Rüdigers Augen füllten sich erneut mit Tränen. «Zwischenstation», sagte er mit erstickter Stimme. «Und ich habe geglaubt ...» Er brach ab und zog ein Taschentuch unter seinem Umhang hervor. «Danke, daß du mir das alles erzählt hast», sagte er und schneuzte sich. «Nun weiß ich wirklich, daß du mein Freund bist.»
Er seufzte schwer – dann ging er langsam, fast wie ein Schlafwandler, davon.
Bevor ihn die Dunkelheit verschluckt hatte, drehte

er sich noch einmal um. «Bis bald, Anton», sagte er.

«Bis bald», antwortete Anton leise.

Da hörte Anton ein Rascheln, und plötzlich stand Anna vor ihm.

«Das hast du dir toll ausgedacht mit dem Vetter in Paris!» sagte sie.

Er lief rot an. «Hast du etwa alles gehört?»

«Fast alles», antwortete sie, «so laut, wie ihr gesprochen habt! Aber ich wollte gar nicht horchen – ich war nur in der Nähe geblieben, um aufzupassen, daß euch niemand überrascht.»

«Ich möchte jetzt nach Hause», sagte Anton.

Er klapperte mit den Zähnen – so kalt war ihm plötzlich.

Anna sah ihn zärtlich an. «Ich begleite dich!»

Alle Kinder lieben Rüdiger

Die ersten sechs Vampirgeschichten
jetzt auch in schönen, gebundenen
Verschenk-Ausgaben

Illustriert von Amelie Glienke

Wunderlich